Für Helga,
Tilli und Joke

1

Thunumer Weg

Die stickige Hitze des Tages wurde gegen Abend erträglicher. Die aufkommende Flut trieb den leichten Seewind über den Deich und weiter über Wiesen und Felder. Wo das Gras noch nicht geschnitten war, duckten sich die Halme leicht landeinwärts, um sich gleich darauf wieder zurückzubiegen.

Vor dem Neubau am Ende des Thunumer Wegs war Ruhe eingekehrt. Der Bauherr hatte das Richtfest mit den Maurern gegen Mittag begonnen. Es hatte sich bis zum Feierabend hingezogen. Jetzt lag das Grundstück wie ausgestorben da.

Ein umgestoßener Sonnenschirm rollte, vom abendlichen Seewind getrieben, der um die Hausecken schralte, von der Hauswand bis zu den leeren Bierkästen und zurück. Die roten Backsteinklinker strahlten die tagsüber gespeicherte Wärme wie ein Kachelofen ab. Sand und Zementstaub fingen sich in den Ecken des Gebäudes. An den Fensterlöchern waren die Dicke und Struktur der Mauern zu erkennen: Die äußere rote Klinkerwand war bereits hochgezogen und im überstehenden Dachsparrenbereich einen Meter weiß eingefugt worden. Dadurch leuchtete der Stein noch intensiver.

Nahe dem Schornstein ragte die Richtkrone mit ihren flatternden bunten Bändern in den abendlichen Sommerhimmel. Glutrot verschwand die Sonne hinter der vier Kilometer entfernten Deichlinie.

Im Süden zeichnete sich die Silhouette der ostfriesischen Kleinstadt Esens mit dem Kirchturm von

St. Magnus ab. Alles überragend stand das Riesenrad am Schützenplatz, noch ohne die Gondeln, die tags darauf montiert werden sollten.

Der Schatten des Richtkranzes traf die dicken Dachsparren aus Fichtenholz. Darunter stand eine lange Aluminiumleiter, die die Bautreppe aus dem ersten Stock verlängerte und den Zutritt auf den Dachboden bis in die Dachspitze ermöglichte. Ein Stück weiter hing ein Seil an einem Flaschenzug. Das eine Ende war mit einem Knoten und einem Nagel am Sparren befestigt. Einige Kalksandsteine lagen gestapelt auf dem Betonfußboden. Sandstaub sammelte sich in den Mauerecken. Vor dem Eingang im Erdgeschoss führte eine Laufplanke über eine Mischung aus verdichtetem Kies- und Füllsand.

Das grobstollige Fahrradprofil drückte den feinen Splitt der Baustraße zur Seite und hinterließ eine gerade Spur. Hier tauchte leicht versetzt das Hinterrad ein, um gleich wieder wegen der Gleichgewichtsverlagerung einen eigenen Abdruck zu hinterlassen. Zielsicher steuerte der Radfahrer auf die sandige Einfahrt zu, die später als Zufahrt zur Garage dienen sollte. Hier drehte sich das Vorderrad im trockenen Untergrund quer und das Stahlross warf den Reiter ab. Fluchend kletterte dieser vom Rad, denn er war mit dem Unterleib schmerzhaft auf die Stange des Herrenrades gestoßen.

Er nahm den Eimer vom Lenker und stellte das Fahrrad an der Haustür ab. Mit einem Griff hatte er die Holzplatte vor dem Eingang zur Seite geschoben. Dann nahm er den Schlüssel aus dem Versteck und öffnete die große metallene Werkzeugkiste. Kelle, Fugeisen, Latthammer und Wasserwaage verschwanden im schwarzen Baueimer. Das Vorhängeschloss rastete wieder ein. Fünf kräftige Finger packten den Henkel des Eimers.

Plötzlich hielt er abrupt inne. Er erkannte die Figur des Mannes gleich, auch wenn er sie nur aus den Augenwinkeln gesehen hatte. Er drehte sich um.

„Himmel, der Muul!"

Jetzt sah er die Gestalt des Juniorchefs ganz deutlich im Schein der blutroten, untergehenden Sonne. Für einen Moment blieb er regungslos stehen.

„Diese alte Drecksau! Dieser Teufel!" Einen Moment starrte er Muul aus schmalen Augen hasserfüllt an, doch dann griff er kurzentschlossen nach dem Latthammer und stieg die Treppe hoch. Am Fuß der Aluminiumleiter blieb er stehen und schaute sich um. In der umliegenden Nachbarschaft war alles ruhig. Niemand war zu sehen. Niemand befuhr den Radweg von Thunum nach Esens. Niemand kam auf der Zufahrtsstraße. Er schwang sich auf den Dachboden, lief zum Giebelfenster, wo sie am Vormittag die Zimmermannskiste mit den dicken Dachsparrennägeln deponiert hatten, und entnahm zuerst zwei Nägel. Dann lief er noch einmal zurück und griff sich zusätzlich einen Reservenagel. Jetzt kletterte er in die Dachspitze und schaute sich sichernd nach allen Seiten um. Er packte das lange Seil des Lastenaufzugs, kletterte damit noch einmal die Leiter hinunter. Er band einen Henkersknoten, befestigte das Seil und stieg wieder ins Dachgebälk hinauf. Immer noch war alles ruhig in der umliegenden Nachbarschaft. Mit dem Flaschenzug holte er nun die Last ganz langsam nach oben. Dabei fluchte er fortwährend leise vor sich hin. Auf halber Strecke hielt er noch einmal kurz inne, horchte für einen Moment und zog dann wieder kräftig an. Er befestigte das Seil und stemmte die Last hoch.

Dann schlug er zu. Schnell, hart und genau. Niemand würde die dumpfen Einschläge der Nägel hören. Vorsichtig wischte er sich das Blut von den Händen und der Kleidung.

Er wollte gerade einen Fuß auf die Leiter setzen, als er das tiefe Bellen großer Hunde vernahm. Dann sah er die Bestien auch schon auf sich zukommen.

2

Wittmund / Thunum / Esens

Hauptkommissar Kerkhoff trat aus dem Wittmunder Polizeigebäude und sog die frische Abendluft ein. Es war spät geworden. Der Papierkram sollte heute noch erledigt werden, hatte sein Chef in Aurich gemeint. Klugscheißer … als wenn *der* seine Aufgaben so genau erledigen würde. Der Dienststellenleiter und sein Stellvertreter konnten nicht einmal den Einsatzplan richtig zusammenstellen und die Freischichten koordinieren, aber große Sprüche klopfen. Alles musste man selber machen, seit vor vier Jahren ein Generationswechsel in der Polizeispitze stattgefunden hatte. Es wurde nur noch delegiert und nichts mehr klar entschieden. Das Ganze wurde auch noch als ‚demokratisch' gehandelt, obwohl es nichts anderes als Führungsschwäche und Inkompetenz war: Wer nichts entscheidet, kann auch nichts verkehrt machen und muss auch nichts verantworten. Ging etwas schief, wurde der Kollege oder die Kollegin, die tätig werden mussten, zur Rechenschaft gezogen. Klappte eine Aktion, stand die Leitung ganz vorne, um die Lorbeeren zu ernten. Kerkhoff hasste das. Er hatte den Verdacht, dass die Funktionsstellen nur mit Leuten besetzt wurden, die ihre Unfähigkeit unter Beweis gestellt hatten, nach oben buckelten und nach unten traten. Das drückte natürlich auf die Motivation.

Mehrmals hatte Kerkhoff erleben müssen, wie insbesondere junge Kollegen und Kolleginnen im Regen stehen gelassen wurden. Er hätte sich gewünscht, dass die Vorgesetzten einmal ihren Kopf hingehalten und etwas auf ihre Schultern genommen hätten.

Zum Glück war niemand so betriebsblind, dass dieser Dilettantismus nicht erkannt wurde. Wenigstens darin waren sich die Kollegen einig.

Andererseits waren die Vorgesetzten im privaten Umgang ausgesprochen nett. Wahrscheinlich erkannten sie ihre eigene Unfähigkeit gar nicht.

Kerkhoff schloss sein Fahrrad auf. Warum hatte er heute nicht das Auto genommen? Heute Morgen hatte er gedacht, wenn er schon nicht nach Aurich, sondern in die Wittmunder Dienststelle musste, dann könnte er gleich etwas trainieren und die Strecke mit dem Fahrrad zurücklegen. Konnte nie schaden. Aber jetzt am Feierabend war er müde und ihm graute vor der langen Strecke nach Hause. Seine Schulterblätter hingen herunter und schmerzten.

„Na, Kondition bolzen?“ Marike, die hübsche blonde Sekretärin, lief lachend an ihm vorbei.

Sofort stand er aufrechter und zog den Bauch ein.

„Wat mutt, dat mutt!“ Kerkhoff deutete auf seinen Bauchansatz. Es ist doch gut, dass ich mein Auto zu Hause gelassen habe, dachte er.

Marike ging leichtfüßig auf ein wartendes Auto zu und stieg ein.

Kerkhoff erreichte den kleinen Ort Osteraccum über den geteerten Radweg auf der linken Fahrbahnseite. Am Ortsausgangsschild endete der Weg und er musste auf die Landstraße wechseln. Er wollte auf dieser Straße bleiben, denn der Wirtschaftsweg durch die Felder nach Esens erschien ihm für die schmalen Reifen seines neuen Rennrades zu uneben. Das würde er ein anderes Mal ausprobieren.

In der Doppelkurve in Thunum schnitt ihn ein schwarzer Mercedes-Kombi mit Wittmunder Kennzeichen und nahm ihm die Vorfahrt. Leider konnte er das Nummernschild nicht deutlich erkennen.

„Arschloch!" Mit Mühe hielt sich Kerkhoff im Sattel. Nun wollte er so schnell wie möglich nach Hause. Der Wind hatte sich gedreht. Er schob jetzt von hinten.

*

Mit heißem Wasser spülte Kerkhoff die Teekanne aus, gab drei Löffel Tee hinein und übergoss die fast schwarzen Blätter mit kochendem Wasser. Fünf Minuten später füllte er das dunkle Getränk in die Teetasse mit der Ostfriesenrose um. Dann stellte er die Kanne auf das Stövchen mit dem brennenden Teelicht und goss Wasser nach. Drei Tassen waren Ostfriesenrecht – bei ihm konnte es schon mal eine ganze Kanne sein. Von der traditionellen Zeremonie war er mittlerweile abgekommen. Statt des süßen Kluntjes und dem Schuss Sahne nahm er einen kleinen Löffel geschmacksneutralen Akazienhonig. Er redete sich ein, das sei gesünder als der weiße Kandis, wusste aber insgeheim, dass es ein Trugschluss war. Zum Zahnarzt musste er trotzdem und die Kilos purzelten auch nur, wenn er den Alkohol wegließ und mehr Sport trieb.

Kerkhoff ließ sich in den Ledersessel fallen. Im *Anzeiger für Harlingerland* las er zunächst die Todesanzeigen und den Bericht über den Neuaufbau der abgestiegenen ersten Fußballmannschaft des TUS Esens. Den Bericht über den grausamen Mord von sogenannten Satanisten an einem jungen Mann überflog er nur. Sonst war das Blatt reichlich dünn. Sommerloch. Das würde sich zum Schützenfest am Wochenende ändern. Dann gäbe es wieder ganze Fotoseiten und Berichte über die „Fünfte Esenser Jahreszeit“. Bereits gestern war eine Sonderbeilage über den Ablauf der Feier und einen Rückblick auf die Aktivitäten der Schützen im letzten Jahr erschienen.

Während er die Tiefkühlpizza in den vorgeheizten Backofen schob, fummelte er die *Ostfriesen-Zeitung*, die er im Büro hatte mitgehen lassen, aus der Innentasche seiner Lederjacke. Im Lokalteil über den Landkreis Wittmund fand er den Abschlussbericht über den Tod von Franz Bregenhorn, einem notorischen Denunzianten, den Kerkhoff durch Zufall aufgeklärt hatte.

Er legte die Zeitung zur Seite und griff zum Handy.

„Hey, du Schöne!“, flirtete er ins Telefon, noch bevor sich jemand melden konnte.

„Hi, wer ist dran?“, fragte eine fremde weibliche Stimme. Oh, wie peinlich! „Hier ist Britt Campen, die Schwester von Nina. Die ist noch unterwegs.“ Ihre Stimme klang sympathisch.

Kerkhoff hatte zwar von Britt gehört, sie aber noch nie getroffen. Sie studierte in Göttingen Germanistik, Lehramt oder so etwas; das hatte Nina ihm einmal erzählt. Sie hatte sicher Semesterferien und war nun auf Besuch.

„Entschuldigen Sie.“ Er lachte verlegten. „Ich bin Gerrit Kerkhoff.“

„Da gibt es Schlimmeres“, lachte Britt keck. „Sie sind also der Bul…, sorry, der Grund, weswegen meine Schwester kaum noch Zeit für mich hat, oder darf ich ‚du‘ sagen?“

„Ähm, natürlich!“ Er war schon etwas überrumpelt von dieser unerwarteten Offensive, aber es gefiel ihm.

„Das war ja eine charmante Ansprache. Ich dachte schon, Sie … äh … du hättest mich mit ‚du Schöne' gemeint. Schade eigentlich. Aber Spaß beiseite. Ich leg ihr einen Zettel hin, dass sie zurückrufen soll, okay?"

„Ja, danke." ‚Meine Güte, die Schnabbeltante lässt einen gar nicht zum Nachdenken kommen', dachte Kerkhoff.

„Vielleicht sehen wir uns ja einmal, ich bin noch über das Schützenfest hier. Also bis dann, *bye, see you!*" Noch ehe er etwas sagen konnte, hatte sie aufgelegt.

‚Diese Anglizismen', dachte Kerkhoff.

Der Küchentimer zeigte an, dass die Pizza fertig war. Er stellte sie auf die Anrichte und schnitt sie mit einem Messer in mundgerechte Teile. Hungrig und übereilt biss er in ein dampfendes Stück. Er verbrannte sich fast den Mund und kaute vorsichtig weiter. Wie immer aß er viel zu schnell.

*

Der Hauptkommissar schob den letzten Bissen in den Mund. Im Fernsehprogramm der Tageszeitung war das Ligapokalspiel Hertha BSC und Bayer Leverkusen angezeigt. Sein Blick fiel auf den Stapel Oberhemden, der auf dem Bügelbrett lag: Fußball und Bügeln? Die Aussicht auf einen Fernsehabend begeisterte ihn nicht sonderlich. Sommerfußball.

Das Telefon klingelte. Der Rückruf? Nina und Biertrinken in der Kneipe? Die bessere Alternative, freute sich Kerkhoff.

Aber es war nicht Nina.

3

Gewerbegebiet Ost / Thunumer Weg

Robert Ressen schnürte seine Laufschuhe. Das Klimpern der Halsketten ließ die beiden Doggen im Gehege nervös und erwartungsvoll am Gitter hochspringen. Sie wussten, es würde endlich losgehen.

Die ersten einhundert Meter verliefen wie im Flug. Ressen lag fast waagerecht in der Luft, so schnell gingen die Doggen ab. Cora, die ältere, beruhigte sich zuerst, während Pia ihrem Namen gar nicht gerecht wurde und ständig in die Leine biss. Erst ein deutliches „Aus!“ wies die Hündin in die Schranken. Mit ihren klar abgegrenzten schwarzen Punkten auf dem weißen Fell hob sie sich deutlich von Cora ab. Dem Fachmann verriet dies, dass sie das wertvollere Tier war. Coras Fell hingegen schimmerte grau-bläulich, sie war vom Körperbau etwas kleiner geraten.

Am Ende des Industriegebietes bog das Trio in den Feldweg ein. Die Hunde liefen nun frei. Robert Ressen beobachtete ständig die Strecke. Er wollte nicht, dass die Hunde einen zufällig vorbeikommenden Radfahrer apportierten. In Wirklichkeit waren die Tiere lammfromm. Nur ihre Kraft und ihre Größe flößten Angst und Respekt ein. Oft musste Ressen Passanten auf seinen Touren beruhigen: „Die beißen nicht, die wollen nur spielen!“

„Das sagen alle Hundebesitzer. Hoffentlich wissen das die Hunde auch“, hatte ihm einmal ein Radtourist geantwortet, als er stocksteif anhielt und die Hunde an ihm schnüffelten. Ressen gab ihm lachend recht. Auch er hatte noch keine Hundebesitzer getroffen, die vor ihren Hunden warnten.

Er lief sich nun ein. Seine Saison als Triathlet war schlecht verlaufen. Verletzungen und die Arbeit in seiner Firma hatten eine adäquate Vorbereitung verhindert. Er hatte kaum Wettkämpfe bestritten. Den legendären *Ossi-Loop* von Leer quer durch Ostfriesland nach Esens/Bensersiel hatte er nur mit Mühe absolviert. Auch die Polizeimaßnahmen wegen eines Mordes an der Strecke hatten eine rechte Wettkampffreude bei diesem Lauf nicht aufkommen lassen.

Sein eigentliches Ziel aber war der *Ironman* auf Hawaii. Dazu bedurfte es jedoch bislang einer Qualifikation in Frankfurt über die Ultra-Distanz: 3,8 Kilometer Schwimmen, 180 Kilometer Radfahren und 42 Kilometer Laufen. Soeben hatte Ressen vom gefeierten Ironman Sebastian Kienle aus Mühlacker gelesen, der diese mörderische Strecke in einer Zeit von 8:14:18 Stunden bei 40 Grad im Schatten und behindert durch die aufkommenden Mumuku-Winde als Sieger absolviert hatte. Das motivierte ihn.

Nach einigen Minuten erreichte er das neu entstandene Baugebiet im Osten der Stadt. Am Thunumer Weg schossen die Doggen plötzlich wie auf Kommando los und drangen in einen Neubau ein. Nichts half. Kein „Hier!", kein „Aus!", kein „Pfui!".

Ressen lief zum Eingangsbereich und sah die Doggen bellend die Treppe emporlaufen. An der Leiter sprangen sie auf die ersten Sprossen und gebärdeten sich wie toll. Mit mächtigen Sätzen rannte nun auch der Läufer über die Stufen. Mit beiden Händen packte er entschlossen die Doggen und kettete sie mühsam an. Er brüllte dabei fast so laut, wie die Hunde bellten.

Als er dann die aufgehängte Leiche sah, gefror selbst ihm als gelerntem Schlachtermeister das Blut in den Adern.

„Das gibt es doch gar nicht!" Ungläubig starrte er auf den Toten. Dann stolperte er unbeholfen die Treppe hinunter, die Hunde hinter sich herziehend. Draußen rannte er den Weg, den er gekommen war, zurück zum Supermarkt am Anfang des Industriegebietes. Den Putzfrauen im geschlossenen Laden bedeutete er, die Polizei zu rufen. Ganz langsam ging er den Weg zurück. Er wollte an der Straßenecke auf die alarmierten Polizeikräfte warten, um ihnen den Weg zum Tatort zu zeigen.

4

Neubau / Thunumer Weg

„Nichts anfassen! Die Spurensicherung kommt gleich! Das wird sicherlich noch einige Minuten dauern.“ Hauptkommissar Kerkhoff war mit dem Fahrrad als einer der Ersten eingetroffen, wohnte er doch ganz in der Nähe des Tatortes. Ein VW-Bus der Polizeidienststelle stand schon da. Einige Beamte sicherten den Neubau und drängten erste Schaulustige ab. Kurz darauf traf ein weiterer Dienstwagen des Esenser Polizeikommissariats ein. Kerkhoff sah den Sportler mit seinen Hunden etwas abseits stehen. Er ging auf ihn zu und nahm ihn beiseite.

„Absperren! Großräumig! Bringen Sie Herrn Ressen in den VW-Bulli.“

Kerkhoff traf weitere Anweisungen. Dann ging er mit mulmigem Gefühl in den Bau.

„Gerrit, warte, ich komme mit.“ Sein Kollege Czerlikowski tauchte im Trainingsanzug hinter ihm auf. „Ich war auf dem Weg zum Tennisplatz, als ich angerufen wurde“, entschuldigte er sich.

„Gut, dass du da bist.“

Vorsichtig tasteten sie sich bis in die Dachspitze vor.

„Das Gesicht ist eingeschlagen. Aber den kenn ich“, sagte Czerlikowski. „Das ist der Muul. Reiner Muul von *Schneider-Bau*.“

Vor sich sahen sie die Leiche eines Mannes, Mitte dreißig, der mit den Füßen nach oben kopfüber an einem Seil aufgehängt worden war. Eng um den Hals geknüpft baumelte ein Lebkuchenherz mit der Aufschrift *„Für dich, Goldie!"*.

„Ausgesprochen merkwürdiger Humor, das mit dem Herzen. Wer mag dazu fähig sein? Und regelrecht gekreuzigt. Auch noch kopfüber." Kerkhoff deutete zuerst auf das Lebkuchenherz, dann auf die Nägel. Sie waren durch beide Ärmel der grünen Schützenjacke und durch die Armknochen geschlagen worden. Das Emblem der *Schützencompagnie von 1577* war blutgetränkt.

„Das wird eine lange Nacht", meinte Kerkhoff. Er stand nun ganz ruhig da und versuchte sich alle Einzelheiten des Tatortes einzuprägen. „Ruf mal beim THW an. Die sollen die Baustelle mit ihrer neuen PowerMoon-Anlage ausleuchten."

Czerlikowski bewegte sich abwärts, während Kerkhoff noch ein paar Minuten ausharrte. Er lehnte sich einige Schritte entfernt an einen Stützbalken und versuchte, die Eindrücke in seinem Kopf zu ordnen. Das Ganze erschien ihn wie eine Inszenierung, wie eine Zurschaustellung des Toten.

Nach einer Weile stieg auch er hinunter. Im Erdgeschoss hob er mit einer Tüte vorsichtig ein Fugeisen auf, das halb unter der Treppe hervorlugte.

„Lass das einmal im Labor untersuchen!" Er reichte die Tüte an eine Kollegin weiter.

Im Polizeibulli machte Ressen seine letzten Angaben, die eine Kollegin von der Polizei aufnahm.

„Hallo, Robert", grüßte Kerkhoff den Läufer, „ich musste erst mal in das Gebäude."

„Moin", sagte Ressen. „Üble Sache hier!"

„Das kannste wohl sagen", antwortete Kerkhoff, der von Ressen letzte Woche erst das Rennrad gekauft hatte. Sie waren vor Wochen einmal ins Gespräch gekommen, als Ressen an seinem Haus vorbeilief. Er wohnte nur einige Straßen entfernt. „Läuft übrigens gut, die Kiste. Hab heute die Strecke nach Wittmund ausprobiert. – Du hast die Leiche entdeckt?"

„Ja, das heißt, eigentlich meine Hunde. Vom Weg aus konnte man die Leiche nicht sehen. Ich wäre sonst am Haus vorbeigelaufen. Sie müssen wohl Blutgeruch aufgenommen haben. Sie sind dann ab in den Bau und … Aber das habe ich schon alles der Polizistin erzählt."

„Gut." Kerkhoff versuchte zu lächeln. „Das werde ich mir dann später noch einmal durchlesen. Ist dir noch irgendetwas Verdächtiges aufgefallen, hast du jemanden gesehen, lief jemand weg, war noch jemand bei dir?"

„Nein, nichts. Ich war ganz alleine, meine Hunde und ich, na ja, und der Tote. Ich hatte Mühe, meine Doggen zu bändigen. So habe ich die noch nie erlebt!"

Kerkhoff sah respektvoll zu den Hunden hinüber, die jetzt ganz friedlich hinter dem Polizeiwagen abgelegt waren. Zur Sicherheit hatte der Besitzer sie aber an der Anhängerkupplung angeleint, schauten sie doch immer noch in Richtung des Neubaus.

„Eigentlich müssten die sich jetzt doch auch noch wild gebärden, oder?", fragte Kerkhoff. „Der Blutgeruch ist doch bestimmt noch da."

„Das verstehe ich auch nicht. Aber ich habe versucht, sie wieder zu beruhigen. Frisches Blut ist für sie ungewöhnlich. Die bekommen sonst nur Trockenfutter, allerhöchstens mal einen Knochen. Es wurde schon etwas besser, als ich die Hunde eingefangen hatte, obwohl ich sie auch dann noch regelrecht aus dem Bau zerren musste. Beim Rückwärtsgehen wäre ich fast über einen Eimer und über das Fahrrad gefallen."

Das Bändigen der Doggen schien Kerkhoff ein hartes Stück Arbeit gewesen zu sein, als sein Blick auf die Tiere traf. Geballte achtzig bis neunzig Kilo Lebendgewicht, schätzte er. Selbst für den muskulösen Ressen musste es anstrengend gewesen sein. „Also, du hast nichts weiter wahrgenommen?"

„Nein, bei der Aufregung ..."

„Okay, lass deine Telefonnummer hier, für alle Fälle. Dann kannst du jetzt nach Hause gehen und deine Tiere versorgen. Wenn dir noch etwas einfällt, kannst du bei mir vorbeikommen oder anrufen."

Draußen gab Kerkhoff Ressen die Hand, von den Doggen wachsam beobachtet. ‚Wie viel Futter die wohl täglich verputzen?', fragte er sich, als Ressen mit den Hunden davonlief.

Die Melodie des Handys riss ihn aus seinen Gedanken. Ninas Rufnummer erschien im Display.

„Hallo, Nina! ... Nein. Nichts Wichtiges. Ich wollte mit dir eigentlich in die Kneipe, aber wir haben einen Mordfall ... Ja, hier in Esens. Ich erzähle es dir später. Ich muss weiter ... Ciao."

Er stand vor dem Eingang. Irgendetwas hatte er übersehen. Er wusste es – rein gefühlsmäßig. Irgendetwas an Ressens Aussage ließ ihn stutzen. Er hätte sich besser konzentrieren sollen. Kerkhoff ging noch einmal bis zum Bulli zurück, als könnte er dadurch die letzte halbe Stunde Revue passieren lassen. Das machte er häufig so, wenn er das Gefühl hatte, etwas übersehen zu haben.

„Jetzt nicht!", wehrte er einen Polizisten ab, der ihn ansprechen wollte. „Fünf Minuten." Mit seiner rechten Hand umfasste er die Stirn und massierte mit Daumen und Mittelfinger beide Schläfen. Warum kam er nicht drauf? Kerkhoff wurde missmutig.

„Nein, danke", sagte er eine Spur zu barsch zu der Kollegin, die ihm einen Kaffee anbot. Er ging noch einmal in Gedanken Ressens Aussage durch: Joggen – Hunde frei – Hunde jagen ins Haus – bellen wie blöd – Ressen hinterher – findet Leiche – kettet Hunde an – zerrt sie raus – läuft zurück – ruft Polizei. ‚Was stimmt da nicht? Was stört mich dabei?', dachte der Hauptkommissar.

Mittlerweile stand er wieder vor dem Eingang des Neubaus. Er betrachtete seine Notizen: Joggen – Hunde frei ... War es das, was ihn störte? Wieso ließ der Kerl die Hunde frei laufen? War da nicht ein dickes grünes Schild des Jagdpächters, man solle seinen Hund anleinen? Bis Mitte Juli war die Setzzeit des Wildes. War es wirklich das, was ihn stutzig gemacht hatte? Wenn er auch nicht hundertprozentig zufrieden war, verdrängte er erst einmal diese Gedanken.

„Reiner Muul muss hier erschlagen worden sein. Später wurde er zum Lastenaufzug geschleppt", stellte Czerlikowski fest, der in der Zwischenzeit die Baustelle weiter untersucht hatte.

„Du hast recht, die Fallrichtung der Blutstropfen wäre eine andere gewesen. Die Blutlache kann nicht von der Verletzung durch die Nägel stammen."

Czerlikowski nickte. „Außerdem gibt es an den Nagelwunden kaum Blutaustritt."

„Komisch, hier erschlagen und dann noch oben kopfüber aufgehängt!"

„Und verkehrt herum gekreuzigt!", fügte Czerlikowski nachdenklich hinzu.

„Der Täter wollte auf alle Fälle sichergehen", stellte Kerkhoff fest. „Doppelt hält besser."

Beide schwiegen und sahen zu den Kollegen der Spurensicherung hinüber. Die durchsuchten jeden

Winkel der Baustelle, drehten jedes Staubkorn um, schauten unter jeden Grashalm. Es wurde nur leise geredet, eine angespannte Arbeitsatmosphäre herrschte.

„Wem gehört denn dieser Bau?“ Kerkhoff blickte seinen Kollegen an, der schon wieder einen seiner bekannten Schreibblöcke mit Notizen versah. Wo zum Teufel hatte der diesen Block her? Stand hier im Trainingsanzug und hielt alles schriftlich fest. Ob der seine Arbeitsmaterialien auch mit zum Tennis nahm? *Moment, Unterbrechung, ich muss mal eben den Spielstand notieren: 40:30, Vorteil auf, Satzball ...* Manchmal war sein Kollege ihm ein Rätsel. Mal benahm Czerlikowski sich wie ein Korinthenkacker und wie ein Erbsenzähler, und dann wiederum kamen sie oft in vielen Fällen gerade durch seine akribische Detailarbeit einen deutlichen Schritt weiter.

„Moment!“ Czerlikowski blätterte einige Seiten zurück. „Hier hab ich es.“

‚Woher weiß der das jetzt schon wieder?‘, fragte sich Kerkhoff.

„Stand auf dem Bauschild dort!“ Czerlikowski wies ohne aufzusehen mit dem Stiftende in die Richtung und las seine Notizen vor: „Karin und Franz Kuball. Ich habe den Kollegen Peters hingeschickt.“

„Sehr gut!“, sagte Kerkhoff. Hätte er auch selber draufkommen können.

„Auf dem Schild steht übrigens auch die Firma des Toten aufgeführt: Schneider-Bau zieht das Haus hier hoch“, ergänzte Czerlikowski.

5

Esens-Osthörn

Der Rest der Nacht war kurz.

Zu Hause angekommen, sah Kerkhoff sich das aufgezeichnete Ligapokalspiel an. Er hätte sowieso nicht schlafen können, so aufgewühlt, wie er war. Dann nickte er etwas später doch im Ledersessel ein. Gegen sieben Uhr morgens schreckte er von den Frühnachrichten hoch. Die Knochen taten ihm von der gekrümmten Sitzhaltung weh, als er sich langsam erhob.

Er frühstückte nur wenig.

Sofort waren die Gedanken wieder beim Mordfall. Das war das Schwierigste an seinem Beruf: Ständig den aktuellen Fall im Kopf, außerdem die unregelmäßige Arbeitszeit und die Überstunden, die in so einem Fall anstanden. Er konnte an nichts anderes denken und auch nicht abschalten. Immer wieder kaute er das Geschehene durch. Das kostete Kraft und je älter er wurde, desto mehr litt er darunter.

Ähnliches erzählte Nina von ihrer Arbeit. Sie war Lehrerin an einer Schule im Nachbarort. Für sie war die Arbeit ohnehin schwierig genug, aber die Gedanken an die Probleme der Schüler und Schülerinnen, an die organisatorischen Dinge, an Auseinandersetzungen mit den Vorgesetzten ließen auch sie den ganzen Tag über nicht los. Manchmal witzelte sie, sie hätte eine ABM-Stelle, „Arbeiten bis Mittag“, denn viele Leute dachten tatsächlich, sie hätte nachmittags frei. Denen antwortete sie oft, nur Pfarrer hätten es besser als Lehrer, weil die nur sonntags arbeiten müssten.

Wie ihr das Thema Schule im Kopf herumschwirrte, merkte Kerkhoff immer, wenn sie mit anderen Lehrern zusammensaßen. Es dauerte keine fünf Minuten, bis Gespräche über ihre Arbeit die Unterhaltung beherrschten. Ihm schien, Nina und ihre Kollegen litten besonders unter dem nicht zu definierenden Produkt ihrer Arbeit: Hatte das Kind nun *trotz* oder *wegen* ihrer Mühe lesen und schreiben gelernt?

„Es müsste diesen berühmten Nürnberger Trichter tatsächlich geben, mit dem man Wissen einflößen könnte. Dann wüsste jede Lehrerin und jeder Lehrer, welchen Anteil er oder sie eingebracht hat", hatte Nina einmal in einer Kneipe gewitzelt. „Und ob du ein guter Lehrer bist, könnte auch daran abgelesen werden. Das Nichtwertschätzen und die Nichtmessbarkeit der Lehrerarbeit führen zum häufigen Burn-out-Syndrom und den vielen Nebenkriegsschauplätzen in den Lehrerkollegien."

Gerrit Kerkhoff hatte damals nicht viel dazu gesagt, da er die Verhältnisse in der Schule nicht so kannte, aber die Belastung durch die fortwährende Beschäftigung mit der Arbeit nach Feierabend war bei ihm ähnlich.

Der Gedanke an Nina lenkte ihn dann aber doch etwas ab.

Er hatte sie vor zwei Jahren kennengelernt; vor genau zwei Jahren, auf dem Schützenfest in Esens, erinnerte sich Kerkhoff. Liebe auf den zweiten Blick sozusagen, mit leichten Anfangsschwierigkeiten. Er mochte Nina, ihre Geradlinigkeit, das charmante Lächeln, ihre Intelligenz, ihre Sinnlichkeit; die tollen, dunklen Augen, die blitzen und funkeln konnten, wenn eine Sache sie interessierte. Aber sie konnte auch ganz schön zickig sein. In der letzten Zeit kam es immer häufiger zu kleinen Reibereien, wenn er wieder einmal länger arbeiten musste oder durch einen dienstlichen Anruf aus einer Verabredung herausgerissen wurde.

‚Was sie jetzt wohl macht?', dachte er und blickte auf die Uhr. Frühstück? Bad? Kerkhoff mühte sich vergeblich, sich ihren Stundenplan in Erinnerung zu rufen. Für einen Augenblick erwog er, sie anzurufen, verwarf aber den Gedanken, weil er wusste, dass er selber zu einem Telefongespräch gar keine Zeit mehr hatte. Außerdem konnte sie morgens sehr muffelig sein, vor allem, wenn ihr Tagesrhythmus durcheinanderzugeraten drohte.

Emder Hafen / Erzkai

Zum zweiten Mal in dieser Woche befuhr der schwarze Mercedes-Kombi die lange Nesserlander Straße im Emder Hafengebiet. Diesmal ging es jedoch an der *Alten Liebe* vorbei. In dieser Spelunke war der Deal Anfang der Woche eingefädelt worden. Die Fahrt führte links in das Hafengebiet über die Nesserlander Schleuse. Rechts lag der Segelhafen, die Anleger für die Borkumfähren sowie für die Autofähren von VW-Exportautos nach Mexiko und die USA und dahinter die Lagerhallen mit den Getreidesilos der ELAG sowie der Anlegestelle. Die großen Hochspeicher ragten trostlos weiß und grau in den wolkenverhangenen Himmel. Sie wurden durch große Saugrohre, die Futtermittel aus den Ladeluken der Schiffe leichterten, von oben gefüllt. Der Wind trug das laute Prasseln der Getreidekörner herüber, die an die metallenen Stutzen geschleudert wurden. Der modrig-faulende Geruch verendeter Fische veranlasste den Mercedesfahrer an der Nesserlander Schleuse, die Klimaanlage auf Innenbelüftung umzustellen. Durch einen schnellen Blick über die Schulter sah er das emsige Treiben am Anleger der Borkumfähren. Ganz vorne an der Pier lag der schnelle Katamaran, der die normalerweise zweieinhalbstündige Überfahrt nach Borkum erheblich verkürzte. Gleich hinter der Klappbrücke an der Schleuse musste der Mercedesfahrer kurz scharf abbremsen. Nur ein schnelles Lenkmanöver verhinderte den Zusammenstoß mit einem Radfahrer. Er reagierte hektisch und unkonzentriert, das merkte er. Je näher er dem verabredeten Treffpunkt kam, desto unsicherer fühlte er sich. Unwillkürlich zog er die Geschwindigkeit an. Als er sich dessen bewusst wurde, drosselte er die Fahrt und zwang sich selbst zur Ruhe.

Einhundert Meter weiter grüßte gähnend ein Bundespolizist am Kontrollhäuschen. Die Zeiten, als die Hafenarbeiter hier Zigarettenstangen und Schnapsflaschen geschmuggelt hatten, waren eigentlich vorbei.

Kurze Zeit später schlug der Mercedes den Weg über den seewärts gelegenen Übergang der Großen Seeschleuse ein, da die Ampelanlage die erste, nähere Passage als versperrt anzeigte.

Der Fahrer parkte den Kombi gegenüber den mächtigen Schleppern, die an den Bongossi-Dalben festgemacht waren.

‚Was ist, wenn die mich linken wollen?', dachte er. Mit wie vielen Leuten würden sie auftauchen? Und er? Er war auf sich selbst gestellt, war ganz allein hier; das heißt, nicht ganz allein. Mit der linken Hand ertastete er die Pistole. Auf der anderen Seite, warum sollten sie ihn reinlegen? Bei dem Verkauf der kleineren Waffe war auch alles glattgelaufen. Die würden auch ihre Ganovenehre haben!

Und er wollte sie im Glauben lassen, dass er noch weitere Geschäfte mit ihnen machen wollte. Die würden schon ihre Kunden nicht verprellen. Er nestelte mit der rechten Hand am Umschlag mit dem Geld. Nervös blickte er sich um, als er die Gleise am verlassenen Pförtnerhäuschen überquerte. Nichts war zu sehen. Früher hatte es hier nur so von Hafenarbeitern und Mitarbeitern der Emder Hafenumschlagsgesellschaft gewimmelt. Die Katzen mit den großen Greifern hatten ununterbrochen Kohle, Eisenerz und Bauxit umgeschlagen. Etwas weiter hinten war ein Bereich für das gefährliche Elektrodenpech eingerichtet. Hafenarbeiter sollen durch den Umgang mit diesem Material erhebliche Gesundheitsprobleme bekommen haben und an Krebs gestorben sein. Aber das wurde abgestritten, wie immer. Ein Menschenleben galt nichts, wenn Profit gemacht werden konnte. Wut stieg in ihm auf. Er wusste wieder, warum er hier war.

Er lief nun in der Deckung der alten Gemäuer vorwärts. Die Scheiben der Gebäude waren eingeworfen, die Steine rußgeschwärzt. Ganz unvermittelt sah er sie hinter einer Ecke.

Wie in einem schlechten Film hatten sie sich fast unsichtbar aufgebaut. Die Lichthupe des Jaguars blinkte auf.

‚Augen zu und durch', dachte er und ging auf den Wagen zu. Als er bis auf fünfzehn Meter heran war, öffnete sich die Beifahrertür und sein gut gekleideter Geschäftspartner vom letzten Mal stieg aus.

„Haste das Geld dabei?"

Er nickte und der andere winkte ihn zum Kofferraum. Er öffnete die Klappe und der Mercedesfahrer sah einen Koffer darin stehen. Das Schloss mit den Geheimzahlen schnappte auf und ließ einen Blick auf die Einzelteile der zusammenlegbaren Waffe in Ölpapier zu.

„M640! Modernste Ware, mit der Laserausrichtung und dem Zielfernrohr absolut treffsicher", lobte der Waffenschieber. „Die Zahlenkombination ist 0007, originell, was?"

„Mit dem Bundesgrenzschutz läuft alles klar?", fragte der Mercedesfahrer.

„Logo! Am Häuschen normal anhalten, den Arm heben und weiterfahren. Der Typ da bekommt einen Freischuss in der Rio-Bar! *No Probs!*"

Esens / Polizeiwache

Kerkhoff schob seinem Kollegen einen Kaffee über den Tisch. „Zucker?"

„Nein, lieber schwarz heute."

Sie hatten ihren Schreibtisch in der Esenser Polizeistation wieder in Beschlag genommen. Er war nur provisorisch bei den kürzlich abgeschlossenen Mordermittlungen zum Bregenhorn-Fall zur Verkürzung der Fahrzeiten eingerichtet worden. So konnten sie vor Ort ermitteln und mussten nicht erst ins Wittmunder Polizeikommissariat.

„Wir müssen zusammentragen, was wir wissen", meinte Czerlikowski.

„Genau, fang du an."

„Also, in einem dünnbesiedelten Neubaugebiet bei Thunum erschlägt jemand sein Opfer, zieht es mit einem Seil nach oben und nagelt es außerdem am Dachstuhl fest."

„Richtig. Erste Frage: Warum wird Reiner Muul, einer der Chefs von *Schneider-Bau*, getötet? Zweite Frage: Warum auf diese Weise? Wer macht so etwas?", ergänzte Kerkhoff.

„Weiter. Ein Jogger, dein Nachbar … wie heißt der noch?", fragte Czerlikowski.

„Ressen. Robert Ressen."

„Gut, dieser Ressen findet mit seinen Hunden die Leiche. Drittens, warum sind die Hunde so aufgeregt?"

Hauptkommissar Kerkhoff versuchte, die markanten Punkte und die Fragen auf einem Clipboard stichwortartig festzuhalten. „Und noch eins", ergänzte der Hauptkommissar, „warum trägt Muul seine Schützenjacke und was bedeutet das Herz mit der Aufschrift *Für dich, Goldie?*"

„Was haben wir noch?", fragte Czerlikowski.

„Wir haben das Mordwerkzeug, eine schwere, einen Meter und zwanzig lange Brechstange aus Eisen. Die Kollegen fanden sie blutverschmiert im Gestrüpp. Keine Fingerabdrücke."

„Hm", grunzte Czerlikowski, „wäre ja auch zu schön gewesen."

„Die Kollegen fanden den Stumpen eines Zigarillos am Tatort. Außerdem lag im Flur ein Fugeisen", sagte Kerkhoff.

„Ein Fugeisen? Was ist daran so ungewöhnlich? Auf dem Bau sollen schon einmal Werkzeuge herumliegen", entgegnete Czerlikowski. „Oben lagen auch die Zimmermannsnägel im Fenster."

„Dabei handelt es sich um Material! Material ist etwas ganz anderes; Steine, Maueranker, Zement oder die Nägel eben gehören dem Bauherrn. So was liegt schon mal auf dem Bau herum, da hast du recht. Aber Werkzeug?" Kerkhoff hob den rechten Zeigefinger. „Nein, Werkzeug lassen die Maurer nicht liegen, da sind sie eigen. Es gehört ihnen nämlich selber. Werkzeug wird weggeschlossen oder mit nach Hause genommen."

„Ach, nee, woher weißte das denn so genau? Bist du in deinem früheren Leben selber Maurer gewesen?", spöttelte Czerlikowski.

„Ich nicht, du Pfeife, mein Alter! Mein Vater war Maurer und äußerst pingelig mit seinen Sachen. Ein Zentimeter ist bei den Maurern kein Maß und eine Innenwand kann schon mal etwas schief sein, aber das Werkzeug muss pfleglich behandelt werden."

„Aha, daher wusstest du, wie das Gerät heißt", lenkte Czerlikowski ein. „Dann sollten wir doch herausfinden, wem diese Kelle gehört."

„Da werde ich mich gleich drum kümmern. Das kann ich machen, ich suche die Maurer auf. Marike soll einmal bei *Schneider-Bau* anrufen, auf welchem Bau die heute arbeiten. – Wie hast du Marike eigentlich von Wittmund loseisen können?" Anerkennend klopfte er Czerlikowski auf die Schulter. „Das erleichtert einiges!"

„Ich habe angerufen und gesagt, wir bräuchten dringend Unterstützung. Und sie wollte ja auch unbedingt hierher, das wusste ich vom letzten Mal noch; sie kann sich die Kilometer nach Wittmund und Aurich auch sparen. Und mit uns arbeitet sie sowieso am liebsten, oder, Marike?" Czerlikowski sprach die letzten Worte lauter in Richtung der offenen Tür, hinter der Marike Schreibarbeiten erledigte.

„Nur mit euch!", schäkerte sie zurück.

„Das sagt sie bei allen Kollegen", sagte Kerkhoff, „und Kaffee kann sie auch nicht kochen und wenn, dann nur für die Obrigkeit!"

„Den Kaffee kocht euch man selber und die da oben erst recht; das gehört nicht zu meinen Aufgaben. Aber eigentlich könntet ihr *mir* mal einen machen oder mich einladen, das Eiscafé ist gar nicht weit. Mitten in der Steinstraße." Mit einem Lächeln wandte sie sich wieder dem Computer zu.

„Abgemacht", sagte Kerkhoff. „In der Mittagspause gehen wir morgen zu Schlicky Becker. Ins Café. Die erste Runde geht auf mich."

„Weiter jetzt", drängte Czerlikowski. „Wir haben erst mal unseren Job zu machen. Du gehst zu den Maurern und zu Ressen. Dann werde ich noch einmal versuchen, mit der Ehefrau von Reiner Muul zu reden. Auch wenn ich mir nicht viel davon verspreche. Gestern war auch nichts aus ihr herauszubekommen, so geschockt wie die war. Völlig fertig, die Frau, Nervenzusammenbruch. Anschließend schau ich noch beim Bauherrn und beim Chef von *Schneider-Bau*, Goldau, heißt der, glaub ich, vorbei."

„Okay, wenn ich schneller fertig werde, komme ich noch dazu. Außerdem sollten wir den Schützenbrüdern einen Besuch machen. Soviel ich weiß, war Muul der Adjutant vom Schützenkönig, das ist sein Schwiegervater. Alles in einer Hand", bemerkte Kerkhoff.

„Die haben nicht nur den Schützenverein … äh … die Compagnie in der Hand, wie man hört", erwiderte sein Kollege. „Da gehen wir lieber zu zweit. Ich nehme Paul Knoche noch mit." Während Kerkhoff Ressens Telefonnummer wählte, blickte Czerlikowski auf die Opferfotos. „Was denkst du, was das mit den Nägeln bedeuten soll?"

„Mist, besetzt." Kerkhoff war verärgert. „Was die Nägel bedeuten sollen? Tja, Verstümmelung, aber gestorben wäre er nicht daran, nicht an den Nägeln in den Armen. Eine komische Sache, da steckt noch etwas anderes dahinter. Hat die Obduktion etwas ergeben?"

„Die sind noch nicht ganz so weit. Laut vorläufigem Obduktionsbericht ist die Schädeldecke des Opfers zertrümmert worden und an den Knöcheln fanden sich logischerweise Spuren vom Seil. Der endgültige Bericht kommt noch. Sollte etwas Ungewöhnliches dabei sein, werden wir telefonisch benachrichtigt."

„Das sieht für mich wie ein Ritualmord aus."

„Ritualmord? In Ostfriesland? In Esens?" Czerlikowski schüttelte den Kopf. „Hier gibt es keine Voodoo-Zauberer."

„Sag das nicht. Ich habe schon Pferde kotzen sehen", sagte Kerkhoff. „Erst gestern las ich in unserem Blattje über einen Ritualmord von sogenannten Satanisten."

„Satanisten? Hier bei uns?"

„Nein, der Fall war im Ruhrpott. Kam doch durch die Presse und im Fernsehen."

„Ach, du meinst dieses Ehepaar, das ihren Bekannten in die Wohnung gelockt und mit sechsundsechzig Messerstichen und Hammerschlägen getötet hat? Ich erinnere mich. Anschließend legten sie ihn in einen Eichensarg. Ganz schön nobel."

„Die waren auch in der rechten Szene dabei." Kerkhoff trank seinen kalt gewordenen Kaffee aus. „Bah! – Und jede Menge Waffen und Nazisymbole fanden sich in der Wohnung."

„Aber so etwas gibt es hier nicht. Diese Spinner sind doch bekannt, die nicht ganz sauber ticken. In so einer Kleinstadt spricht sich das schnell herum. Nee, das ist nichts mit Voodoo, Satan, Hakenkreuzen oder so, glaub mir."

Kerkhoff stellte die Kaffeetasse auf den Tisch. „Na, aber mit Kreuzen hat es sicher zu tun. Der Muul ist gekreuzigt worden. Kopfüber. Was soll das? Was will der Täter damit aussagen? Ist ja fast wie bei diesem Maler, der seine Bilder auch immer falsch herum aufhängt – Baselitz heißt der, glaub ich."

Kerkhoff wählte noch einmal Ressens Nummer. Diesmal kam er durch, doch niemand nahm ab. Schließlich meldete sich der automatische Anrufbeantworter. Robert Ressen war anscheinend schon unterwegs. Der Hauptkommissar hinterließ seine Handynummer mit der Bitte um einen Anruf. Er wollte ihn heute unbedingt noch sprechen. Das Unbehagen, bei Ressens Vernehmung etwas übersehen zu haben, ließ ihn nicht los.

Die Liste der hiesigen Baustellen, auf denen die Maurer von *Schneider-Bau* arbeiteten, war zweigeteilt. Eine Kolonne arbeitete in der neuen Siedlung *Am Wold* und eine erledigte Reparaturarbeiten auf einem alten Bauernhof in Hartward. Die anderen waren weiter weg beschäftigt.

„Ich fahre zuerst zum Wold und dann nach Hartward“, sagte Kerkhoff. „Sollte sich Ressen rechtzeitig melden, werde ich vielleicht noch zum Tatort fahren. Also, bis dann.“

„Alles mit dem Rad?“, fragte Czerlikowski anerkennend. „Du bist aber eisern.“

„Van nix kummt nix. Alte bosnische Bauernregel“, erwiderte Kerkhoff. Er war schon in der Tür, als er sich umdrehte und fragte: „Was hat Peters bei den Bauherren - wie heißen die noch mal? - herausbekommen?“

„Kuball. Franz und Karin Kuball. Nicht viel. Sie haben nach dem Richtfest das Nötigste weggeräumt und sind dann nach Aurich gefahren, ich meine, zu den Eltern von Herrn Kuball. Dort waren sie den ganzen Abend, auch während der Tatzeit. Den Bericht lege ich dir hin.“

„Okay, bis dann“ Kerkhoff ging hinaus.

In der Garage schloss er sein Rennrad auf.

„Gibt es für das Fahrzeug auch Blaulicht und Sirene?“, frotzelten die Kollegen von der Streife, die soeben ihren Bulli gestartet hatten.

Kerkhoff lachte. „Logo, und blauweiße Lackierung. Aber Spaß beiseite, in welche Richtung fahrt ihr denn?“

„Wir wollen nach Bensersiel den Deich entlang. Wir bekamen einen Tipp. Dort fahren Jugendliche auf den öffentlichen Polderwegen Auto. Die üben sicher für den Führerschein. Ein Bauer rief grad an. Hat sie schon öfters gesehen und jetzt sollen sie wieder da sein. Mitten im Landschaftsschutzgebiet."

‚Worüber sich die Leute aufregen', dachte Kerkhoff. Bei den Preisen war das doch kein Wunder. Ein Führerschein kostete sicher tausendfünfhundert Euro, überschlug er. Er selbst hatte damals umgerechnet 350 Euro für dreizehn Fahrstunden bezahlt und auch heimlich geübt.

„Dann könnt ihr genauso gut über den Wold fahren." Ohne eine Antwort abzuwarten, öffnete er die Seitentür und hievte sein Rennrad in den Streifenwagen.

„Gerne", entgegnete der Fahrer, doch sein Blick sprach Bände.

‚Und vielleicht entwischt euch die Bande wegen der Verzögerung', hoffte Kerkhoff.

Kaum fuhr der Wagen an, als der Hauptkommissar laut rief: „Halt! Hab etwas vergessen!"

Er hastete zur Polizeistation zurück. Drei Minuten später saß er wieder im Bulli und hielt die Tüte mit dem Fugeisen in der Hand. Er lächelte den mürrischen Fahrer an. ‚Lächeln ist immer noch die beste Art, die Zähne zu zeigen', dachte Kerkhoff und sagte laut: „Es kann losgehen!"

8

Emder Hafen / Erzkai

Er nahm den länglichen Koffer in die linke Hand. Mit der rechten reichte er den Umschlag hinüber. Er rechnete immer noch mit einem Trick und war wachsam. Aber könnte er etwas dagegen unternehmen? Sie bräuchten ihn nur mit mehreren Männern zu umzingeln und könnten problemlos das Geld samt Waffe einkassieren.

Der Waffenschieber zählte das Geld. „Alles klar. Viel Erfolg. Bis zum nächsten Mal."

Jetzt nur nicht die Nerven verlieren. Wenn sie ihn linken wollten, hätten sie es schon getan.

Er ging langsam los. Aus den Augenwinkeln sah er, wie sich zwei Schatten von der Mauer lösten und auf den Jaguar zugingen. Also hatten sie eine Sicherung eingebaut. Na klar. Das waren Profis. Er lief ruhig weiter. Nach fünfzig Metern heulte hinter ihm der Motor auf und der Jaguar fuhr in entgegengesetzter Richtung davon. Er schätzte, sie würden über den Kohlenkai in Richtung des Emder Vorortes Borssum verschwinden. Vorsichtig schaute er über die Schultern. Sie waren weg. Also doch korrekte Geschäftsleute, wie im richtigen Leben. Er atmete tief durch. Nun nur noch durch die Kontrolle und dann könnte es wie geplant ablaufen.

Mit Schwung warf er den Koffer auf die Rückbank des Mercedes. Er wollte ihn nicht im Kofferraum verstecken, sondern lieber sichtbar mitnehmen. Die Planken der Seeschleuse dröhnten, als er mit dem Wagen darüberfuhr.

Die von Pappeln gesäumte Straße schien kein Ende zu nehmen.

Noch zehn Meter trennten ihn von der Haltelinie des Bundesgrenzschutzes. Ganz langsam fuhr er heran. Dann bremste er ab.

Warum hob der Beamte nicht den Arm? Warum winkte er ihn nicht durch? Hatten sie ihn doch noch getäuscht? Aber zu welchem Zweck? Wenn er nun aufflog, wäre die Waffe für sie auch weg.

Er begann zu schwitzen.

Sollte er einfach lospreschen? Er verwarf den Gedanken. In fünfzehn Minuten hätte die Ringfahndung Erfolg. Ruhig bleiben, nur ruhig bleiben!

Die Pistole drückte im Hosenbund.

Einfach kidnappen oder abknallen? Nein, Unschuldige sollten nicht dran glauben. Oder? Sollte sein Vorhaben an diesem kleinen Beamten scheitern?

Er konnte sehen, wie der BGS-Beamte sich langsam erhob und aus seinem Häuschen auf ihn zukam.

9

Im Wold

„Tach!" Kerkhoff lief auf die beiden Maurer am Neubau zu. „Sind Sie von der Firma *Schneider-Bau?*"

„Moijen! Jo!", sagte der Ältere. Das langgezogene ‚Moin' klang, als würde er singen. Es hörte sich freundlich an. Kerkhoff dachte daran, dass Touristen mit diesem Gruß meist Schwierigkeiten hatten, besonders am Abend und in der Nacht wirkte er auf die Badegäste und Landratten deplatziert. Sie dachten oft, es wäre aus dem englischen *morning* abgeleitet, dabei war es nur eine verkürzte Form des plattdeutschen *Moijen Dag, also Guten Tag oder Schönen Tag.*

„Un Se sünt van't Polizei, of nich?"

„Hauptkommissar Kerkhoff", stellte er sich vor. „Es wundert mich, dass Sie heute arbeiten, nach dem, was gestern vorgefallen ist."

Der Alte verfiel ins Hochdeutsche. Es schien ihm wohl offizieller, eben angemessener zu sein: „Das ist so in unserer Firma. Nur keinen Arbeitsausfall; der Rubel muss rollen. Diesen Krautern wäre es doch am liebsten, wir würden selbst mit dem Kopf unter dem Arm noch zur Arbeit kommen!"

Kerkhoff dachte an seine eigene Obrigkeit. Chefs waren doch überall ähnlich.

Er zog die Plastiktüte mit dem Werkzeug aus dem Rucksack. „Wir haben auf dem Bau, wo der Mord geschah, ein Fugeisen gefunden. Gehört das Ihnen?"

„Mir nicht!", sagte der ältere Bauarbeiter. Auch der andere verneinte. Sie deuteten auf ihren Maurereimer.

„Unser Geschirr ist vollständig. Darauf passen wir schon auf."

„Aber einem Ihrer Kollegen muss es doch gehören."

„Hinni vielleicht, Hinni Schröder. Wir waren nur zum Richten da. Hinni hat in den letzten Tagen alleine dort gearbeitet. Der hat die Balken vorbereitet. Überstände hobeln, Länge und Gehrung schneiden und so weiter, Sie wissen schon. Unser Werkzeug ist gar nicht aus dem Auto geholt worden." Der Maurer spuckte eine kalte Zigarettenkippe, die die ganze Zeit über in seinem Mundwinkel hing, in den Sand.

„Hatte Herr Schröder Probleme mit Reiner Muul?", fragte der Hauptkommissar.

„Ja, klar. Wir haben ... wir hatten alle Schwierigkeiten mit Reiner. Deswegen müssen Sie aber nicht denken, einer von uns hätte ihn umgebracht. Das bestimmt nicht. Und Hinni sowieso nicht. Das passt nicht zu ihm, das würde er nicht tun", sagte der Maurer und blickte auf seinen jüngeren Kollegen, der zustimmend nickte.

„Warum sind Sie da so sicher?", fragte der Hauptkommissar.

„Er ist unser Kollege. Er hat sich immer für uns eingesetzt. Er hat ein starkes Gerechtigkeitsgefühl und er hat ein großes Wissen. Der konnte dem Muul und dem Alten Kontra geben. Das hat manches Mal gekracht, dass die Fetzen flogen. Die wollten ihn schon oft rausschmeißen, aber das konnten sie sich nicht leisten."

„Warum nicht?" Kerkhoff merkte auf.

„Er war am längsten bei *Schneider-Bau*. Er ist gewerkschaftlich organisiert und vor allem wird er gebraucht. Sein handwerkliches Geschick ist sagenhaft. Der kann alles. Er hat auch einige Jahre Architektur studiert. Dann ging er zurück zum Bau. Einige sagen auch, er weiß zu viel von Goldau", sagte der Alte. Kerkhoff merkte, wie er sich am liebsten auf die Lippen gebissen hätte. Das war ihm wohl so herausgerutscht.

Hellhörig geworden blickte der Hauptkommissar den Maurer ernst an. „Was könnte der denn wissen?"

„Ach nichts, das war nur so dahergesagt", winkte der Maurer ab. Er wandte sich zum Gehen.

„Nun warten Sie. Sagen Sie schon, worum es geht. Was kann Schröder von Goldau wissen? Sie sollten es uns sagen, sonst machen Sie sich strafbar, wenn Sie die Ermittlungen behindern", pokerte Kerkhoff hoch. Aber er merkte, dass der dickköpfige Ostfriese dichtgemacht hatte.

„Haben Sie sonst noch Fragen? Wir müssen wieder an die Arbeit", war die schroffe Antwort. Der Alte machte kehrt und ging zum Bau.

„Was halten Sie von Schröder?", fragte der Hauptkommissar den jüngeren Arbeiter.

„Ich bin noch nicht so lange hier. Aber der Schröder ist cool. Ist ein Guter! Obwohl er auch ein wenig spinnt. Gaga, würde ich sagen. Aber der war es bestimmt nicht. Da verwette ich meinen Kopf."

„Wieso spinnt der?", wollte der Hauptkommissar wissen.

„Der hat so einen christlichen Spleen. Voll der Jesus-Freak. Allein deshalb kann er es schon nicht gewesen sein. *Du sollst nicht töten*", konstatierte der Maurer. „Das vierte Gebot. Klaro?"

‚Eher das fünfte Gebot. Knapp daneben ist auch vorbei', dachte Kerkhoff, sagte aber nichts.

„Für alles hat der christliche Worte gehabt. So Sätze aus der Bibel", meinte der Maurer.

„Aha, Zitate aus der Bibel“, murmelte Kerkhoff bei sich, fragte dann aber laut: „Wo kann ich denn Herrn Schröder finden? Auf der anderen Baustelle war er nicht.“

„Keine Ahnung. Zu Hause wahrscheinlich. Der Alte sagte, Hinni hätte sich heute Morgen krankgemeldet.“

„Aha! Und wo wohnt der?“

„In Barkholt, glaube ich. Ralf, wie heißt die Straße noch schnell?“, schrie der junge zum alten Maurer hinüber. „Die Straße, in der Hinni wohnt?“

„Linienweg. Linienweg 16“, rief der Alte mürrisch zurück.

Kerkhoff notierte das. „Danke. Ich hab noch einige Fragen an Sie. Wann waren Sie gestern auf dem anderen Bau und wann sind Sie weggefahren?“

„Ralf und ich fahren immer zusammen“, begann der Maurer. „Um sieben Uhr waren wir schon dort. Hinni auch. Und Reiner Muul. Wir sind knapp mit Leuten zurzeit. Der Zimmermann ist vor zwei Wochen vom Gerüst gefallen. Rippenbrüche. Deswegen musste auch Hinni diesmal als Zimmermann das Dach fertigen. Das kann er; er ist unsere Allzweckwaffe. Der lötet Ihnen sogar eine Dachrinne an die Backe, wenn Sie wollen.“

„Will ich aber nicht“, lächelte Kerkhoff zurück. „Also, Muul arbeitete auch mit?“

„Ja, diesmal schon. Ist immer seltener geworden. Muul hängt ja nur noch im Büro ab. Sonst hat er immer nur angetrieben. Aber gestern musste er selber mit ran. Und dann haben wir losgelegt. Wir wollten ihn ein wenig quälen. Besonders Hinni Schröder schien stinkig auf Muul zu sein. Er sprach kein Wort. Aber gegen Mittag stand das Dach, wir haben nicht locker gelassen. Reiner Muul musste mithalten. Er bekam nur eine kurze Pause, als der Alte kam.“ Ein spöttisches Lächeln legte sich um seine Mundwinkel. „Aber er hat nichts gesagt. Wir haben ihn die Nägel einschlagen lassen, die dicken Zimmermannsnägel. Der konnte zum Schluss keine Gabel mehr in der Hand halten.“

„Er hat doch sicher nicht in der Schützenjacke gearbeitet, oder?“

„Nein, Manchesterhose und kariertes Hemd, wie wir alle. Warum fragen Sie?“

„Er hatte die Schützenjacke an, als man ihn fand“, meinte Kerkhoff.

„Dann muss er noch einmal wiedergekommen sein. Später, meine ich“, sagte der Maurer.

„Und der Alte war auch da, wie Sie sagen? Der Goldau, richtig?“

„Jo“, antwortete der Maurer. „Der stieg aber gar nicht aus dem Auto, sondern hupte, worauf Muul zu ihm ging.“

„Und was machte Schröder?“

„Hinni Schröder stand beim Materialcontainer, der Wagen von Goldau dahinter. Jetzt, wo Sie nachfragen – es schien fast so, als wollte Hinni das Gespräch der beiden belauschen.“

„Hat Hinni Schröder anschließend noch etwas gesagt?“

„Nein“, meinte der Bauarbeiter, „aber sehr seltsam benahm er sich, sehr mürrisch! Und dann hörte ich ihn nur kurz ‚Schweinebande‘ murmeln. Er blieb auch nicht zum anschließenden Richtfest, sondern haute gleich ab. Ich glaube, er hat noch eine andere Baustelle, wenn Sie verstehen, was ich meine“, zwinkerte der Maurer. „Aber das bleibt bitte unter uns.“

„Wie lange waren Sie noch dort?“

„Bis ungefähr halb drei. Dann fuhren wir ab.“

Kerkhoff stellte noch einige Fragen. Dann schnappte er sein Fahrrad und fuhr los.

Er kam gut voran. In Holtgast überquerte er die Landstraße und fuhr auf dem Radweg an der ehemaligen Landgalerie von Inge Puhlmann vorbei. Er winkte der Besitzerin zu, die auf einer Bank vor dem Skulpturengarten mit einer Bildhauerin Tee trank. Dann bog er links in Richtung Barkholt ab.

10

Emden / Nesserlander Schleuse

„Moin, moin. So früh unterwegs?", grüßte der Bundespolizist.

„Ja, ich habe hier bei der AG Ems ein Geschäftstreffen mit dem Vorstand und war etwas früh dran. Ich dachte mir, lieber früher vor Ort sein, als nachher irgendwo im Stau stecken und zu spät kommen. Ist nicht gut fürs Geschäft, Sie verstehen?"

Der Beamte nickte.

‚Einfach reden, einfach weiterreden', sagte sich der Mercedesfahrer. „Darum bin ich noch zur Seeschleuse gefahren, in der Hoffnung, es würde ein Schiff ausgeschleust. Aber kaum Betrieb im Hafen. Diese Schleuse ist noch immer eine gewaltige Einrichtung, nicht?"

„Ja, genau. Fast hundert Jahre hat sie schon auf dem Buckel. Die hat der alte Bürgermeister Fürbringer auf den Weg gebracht, wenn ich richtig unterrichtet bin. Nun ja, wenn Sie sich die Schleuse angesehen haben, haben Sie sicher nichts von Übersee zu verzollen."

„Nein, nein - die Unterlagen sind zollfrei", er deutete auf den länglichen Koffer im Fond des Wagens, „und seit meinem Infarkt sind Zigarren aus Kuba tabu."

„Na, dann gute Fahrt."

Er legte den ersten Gang ein, grüßte kurz und fuhr langsam an. Hinter der ersten Kurve steckte er sich einen Zigarillo an.

Barkholt

Hauptkommissar Kerkhoff stand vor dem kleinen Landarbeiterhaus mit den typischen roten Backsteinen und Dachpfannen aus Ton. Als Klingel fungierte eine alte Messingglocke. Kerkhoff zog an dem Band.

Niemand öffnete.

Der Hauptkommissar klingelte Sturm.

„De is d'r nich!" Eine alte Frau blickte von der Thujahecke, die den Garten umgab, zu Kerkhoff herüber. „Zorro sitzt auf der Fensterbank!" Sie fiel ins vornehmere Hochdeutsch und deutete auf den riesigen schwarz-weißen Kater. „Wenn er da wäre, hätte er Zorro reingeholt."

„Weeten Se, wor ick hum finden kann?" Kerkhoff merkte, dass er unwillkürlich lauter sprach, als er sich bei ihr nach Schröders Aufenthaltsort erkundigte.

„Nee, dor kümmer ick mi nich üm. Ick mutt sowieso up Botschaft!" Grußlos drehte sie ab, gab keine weitere Auskunft und schlurfte gebückt den gepflasterten Weg hinunter.

Unbehandelte Symphysendehnung, deutete der Hauptkommissar ihren Gang. Er ging um das Haus. Mit wenigen Handgriffen öffnete er die Hintertür zum ehemaligen Stallteil und trat ein. In der Werkstatt fand er, was er suchte. Der Werkzeugeimer enthielt Steinhammer, Latthammer, Wasserwaage, Kelle, Schnur und andere Utensilien.

Alles vorhanden, nur kein Fugeisen. Nirgendwo war es in der penibel aufgeräumten Werkstatt zu entdecken. Vorsichtig fingerte der Hauptkommissar den Latthammer aus dem Behälter. Kleine, eingetrocknete Blutflecken zeigten ihm, dass er richtig lag. Er griff zum Handy. Die Kollegen der Spurensicherung würden in spätestens zwanzig Minuten hier sein.

Die feuerhemmende Metalltür zum Wohnteil war verschlossen. Als Kerkhoff auf der Türleiste den Schlüssel entdeckte, fiel sein Blick auf den gelben Plastiksack, der aus der Mülltonne herauslugte. Vorsichtig öffnete er den Deckel und sah die blutbefleckte Arbeitskleidung. Er schloss den Deckel wieder.

Der Hauptkommissar öffnete die Tür. Die Wände waren vertäfelt und die Farbe des Holzes sorgte für ein gemütliches Ambiente. An einer dunklen, verschnörkelten Garderobe hingen zwei Jacken, auf der Hutablage sah Kerkhoff eine Baseballkappe.

Im Flur blieb er stehen und horchte. Aus einem der Räume kam ein scharrendes Geräusch. Instinktiv fingerte er nach seiner Waffe. Er ging vorsichtig weiter und betrat die Küche. Das Geräusch verstummte. Sein Blick flog über die alte Einbauküche und über den unerledigten Abwasch. Das Scharren setzte wieder ein. Es war unangenehm, wie quietschende Kreide an der Schultafel. Kerkhoff blickte zum Fenster und sah den Riesenkater sich recken. Mit den Vorderpfoten stieg er die Glasscheibe hoch und kratzte.

Der Hauptkommissar betätigte kurz den Gurt des Rollladens. Der Kater sprang vom Fensterbrett.

Kerkhoff drehte sich um. Mit dem runden Tisch und vier passenden Holzstühlen machte der Raum einen gemütlichen Eindruck. Auf dem Küchentisch lag eine Bibel mit Lesezeichen. Er schlug sie auf und las die gekennzeichnete Stelle: *Selig sind die, die da dürstet nach der Gerechtigkeit, denn sie sollen satt werden …*

Kerkhoff blätterte weiter und las eine weitere markierte Stelle: *Auge um Auge, Zahn um Zahn.*

Er schloss das Buch. In den Schränken entdeckte Kerkhoff ordentlich aufgeräumtes Geschirr, darunter das komplette Teeservice mit dem roten Rosenbukett auf geripptem, weißem Porzellan mit der typischen Ostfriesenrose. Ein Zeichen, dass Hinrich Schröder Wert auf einen gepflegten, stilvollen Teegenuss legte. Kerkhoff öffnete noch die Schubladen und sah sich weiter um. Sein Blick blieb an einem Kreuz über der Küchentür hängen. Kerkhoff trat näher heran. Es war ein einfaches Holzkreuz, aber verkehrt herum aufgehängt. Er fotografierte es mit seinem Handy.

Anschließend betrat er die Wohnstube. Auch sie war sehr komfortabel und geschmackvoll eingerichtet. Besonders gut gefiel ihm das blaue Ostfriesensofa. Im Regal fand Kerkhoff eine umfangreiche Büchersammlung. Neben christlicher Literatur fand er auch politische, unter anderem die blauen Bände von Karl Marx; besonders aus dem Band 23 lugten viele Papierstreifen als Lesezeichen.

Der Hauptkommissar entdeckte eine Reihe tiefer ein Buch, das er auch kannte. Er zog es heraus und begann die Seiten quer zu lesen: B. Traven – Das Totenschiff. Er stellte es zurück und entdeckte weitere Bücher dieses Autors: *Rebellion der Gehenkten, Die Baumwollpflücker …*

Kerkhoff ließ seinen Blick weiter durch das Zimmer schweifen. Dann hörte er zwei Autos vorfahren. Kurze Zeit später klingelten die Kollegen von der Spurensicherung an der Tür.

12

Bensersieler Straße / Armenland

Hinrich Schröder saß mittlerweile eine ganze Stunde in der kleinen Küche des ehemaligen elterlichen Hofs. Seine Schwester Marie hatte alles gut in Schuss, das musste er ihr lassen. Hinni blickte sich um. Den kräftigen Schwarztee hatte er sich fast mechanisch gebrüht, den Kandis fand er nach kurzem Suchen. Zum Glück hatte sie den im Haus. Er wusste, sie trank ihren Tee, ohne zu süßen - wegen der Figur. Dabei hatte sie das gar nicht nötig. Trotz ihrer zwei Kinder war sie rank und schlank.

Auf dem ovalen Tisch lag die Morgenzeitung. Auf der ersten Seite ein Bericht von dem Mord: *Absage des Schützenfests?*, lautete die Schlagzeile. Er musste verrückt geworden sein. Warum hatte er das gemacht? War er nun gänzlich übergeschnappt?

Hinrich Schröder lugte zum Fenster hinaus. Wahrscheinlich würde die Polizei ihn schon suchen.

Eigentlich wusste er, dass er nicht anders hätte handeln können. Dieser Reiner war und blieb eine dreckige, alte Sau. Dass er Marie angemacht und bedrängt hatte, das hatte das Fass zum Überlaufen gebracht. Dieser geile Bock machte vor keinem Rocksaum halt. Seine Schwester hatte ihm gesagt, dass sie dem angetrunkenen Kerl das Knie in die Weichteile gerammt hatte. Er hatte sie daraufhin mit der flachen Hand mehrmals geschlagen. Seine Schwester hatte der Mistkerl geschlagen, seine einzige Schwester … Sie hatte es ihm eigentlich nicht sagen wollen, aber er hatte auf eine Erklärung für ihr blaues Auge bestanden.

Hinni trommelte nervös mit den Fingern auf dem Tisch. Statt dieser Kreuzigungsaktion hätte er die ganze Firma hochgehen lassen sollen. Aber das konnte er ja immer noch nachholen. Er holte die brisanten Unterlagen aus dem Rucksack. Vor zwei Monaten hatte er zufällig ein Gespräch zwischen Muul und Goldau über Entlassungen bei *Schneider-Bau* mitgehört. Sie wollten das Ganze über Insolvenzbetrug abwickeln und die Kollegen in die Röhre gucken lassen und dann war da noch die Sache mit den anderen Schweinereien bei den ausländischen Kollegen in Cuxhaven.

Als Goldau dann Hinrich Schröder zu einer Besprechung in sein Büro bestellt hatte, hatte Hinni einen Anruf für Goldau dafür genutzt, sich etwas im Büro umzusehen. Goldau hatte das Mobilteil mit in den Garten genommen, damit Hinni nichts vom Telefonat mitbekam. In der untersten Schublade des Schreibtisches hatte Hinni in einer verschlossenen Kassette, die sich aber trotzdem schnell öffnen ließ, eine ledergebundene Kladde gefunden.

Er blätterte darin herum. *Containerstunden* hatte Goldau auf die erste Seite geschrieben. Darunter fanden sich etliche Spalten: Datum, Name, Ort, Arbeiten/Gefälligkeiten usw., Dauer, Telefonnummern. Die Namen waren aber nur mit den Initialen abgekürzt. Das alles war eine komplette Aufstellung von Goldaus korrupten Geschäften, die in den offiziellen Papieren und Unterlagen natürlich nicht auftauchten.

Hinni blickte aus dem Fenster auf die Weide. Weit und breit kein Mensch zu sehen. Aus diesem Grund liebte er Ostfriesland. Hier hatte man seine Ruhe, nicht wie zur Zeit seines Studiums in der großen Stadt –

diese vielen Menschen, das Getümmel machte ihn völlig verrückt. Er bereute es nicht, nach einigen Semestern wieder zurück nach Esens gekommen zu sein. Doch nun hatte er andere Probleme.

Er überlegte krampfhaft, was er weiter tun sollte. Wo sollte er sich verstecken? Über kurz oder lang würde die Polizei auch hierher zum Haus seiner Schwester kommen. Früher oder später würden sie ihn ohnehin kriegen. Aber lieber später, dachte sich Hinni. Diese Blutsauger und Banditen – den Goldau, diese Oberdrecksau, den würde er auch noch kriegen. Am besten beim Schützenfest, dann wäre Goldau in seinem Element, dann könnte er ihn stellen. Einen großen Auftritt noch, das wäre es doch; vor seinen ganzen Schützenbrüdern würde er ihn stellen und dann gäbe es ein riesiges Aufsehen über die Grenzen Frieslands hinaus. So lange musste er sich noch versteckt halten.

Hinni schenkte erneut ein. Der Tee dampfte in der kleinen, weißen Tasse. Er setzte an, spürte den bitteren Geschmack, anschließend die Süße des Kandis und die wohlige Wärme, die seinen Körper durchströmte. Dann suchte er in Maries Schreibtisch einen großen Briefumschlag und steckte das Lederbuch hinein. Er schrieb die Anschrift der Lokalzeitung darauf, zu Händen Herrn D. Kiesel. Hinni kannte den Reporter sehr gut und wusste, dass diese Informationen dort gut aufgehoben waren. Auf einem Zettel schrieb er an seine Schwester, sie möge den Brief bitte bei der Post aufgeben. Beides legte er an den Rand des Küchentischs.

Es klopfte an der Haustür. Hinni schrak zusammen. Ob die Polizei schon jetzt an der Tür stand? Sollte er abhauen? Aber wohin?

Es klopfte wieder. Ging die Klingel nicht? Oder hatte seine Schwester sie abgestellt?

Hinni schwitzte, aber er trat entschlossen in den Hausflur. Er würde keine Schwierigkeiten machen. Er wollte sich stellen. Fast hätte er den Türgriff gedrückt, als eine rote Karte durch den Briefschlitz in der Haustür gesteckt wurde. Kurz danach klappte eine Autotür.

Postzustelldienst. Er hob die Karte auf, ging zurück und legte sie auch auf den Küchentisch.

Er setzte sich wieder. Er musste sich entscheiden: Sollte er fliehen oder sollte er zur Polizei gehen und auspacken? Hinni wusste nicht weiter. Eigentlich hatte er schon genug Fehler begangen. Er hatte gegen seine Überzeugung gehandelt. Statt die Kollegen richtig zu organisieren, hatte er sich von seinen Emotionen leiten lassen und auf eigene Faust gehandelt. Individuell und nihilistisch. Wie ein Zarenmörder, ohne Rückhalt. Ein Einzeltäter, der ein Zeichen setzen wollte. So ein Quatsch, so ein Blödsinn. Und jetzt wurde er wegen Mordes gesucht.

Er trank eine weitere Tasse Tee.

Wo blieb seine Schwester nur? Marie musste sicherlich wieder die Mittagspause durcharbeiten. Sie war viel zu lieb, und sie wurde ausgenutzt, das stank ihm sowieso ganz gewaltig. Hinni hatte sich auch schon mit ihrem Chef angelegt, aber wieder zu ungestüm. Der hatte ihm Hausverbot erteilt. Egal.

Marie war nicht nur zu lieb, sie war auch ausgesprochen unvorsichtig. Den Haustürschlüssel hatte er draußen in der Zeitungsbox gefunden. Jeder kleine Einbrecher würde dort zuerst nachsehen. So wie er jetzt in der Küche seiner Schwester saß, konnte genauso gut ein potentieller Vergewaltiger wie der Muul auf sie warten.

13

Esens / Café in der Steinstraße

Hauptkommissar Kerkhoff stellte sein Rennrad in der Steinstraße ab. Er war mit hohem Tempo die Strecke von Barkholt nach Esens zurückgefahren. Zum Glück hatte ihn ein starker Rückenwind getrieben.

„Einen Milchkaffee, bitte", bestellte er.

Die Maschine schäumte geräuschvoll die Milch auf. Nur mühsam gelang es Kerkhoff, sich von der Theke loszureißen: Mohnkuchen, Sachertorte, Rumflockentorte … Er suchte sich einen freien Tisch.

„Du sitzt hier im Eiscafé bei Schlicky und da draußen laufen die Verbrecher frei herum." Willi Wedell schlug dem Hauptkommissar mit der flachen Hand auf die Schulter.

„Wir wollen gleich eine kleine Besprechung abhalten, mein Lieber, falls du nichts dagegen hast. Du als Gewerkschafter müsstest doch für bessere Arbeitsbedingungen der Werktätigen sein oder hast du die Fronten gewechselt?", erwiderte Kerkhoff schroff. Er war schon lange mit Willi befreundet, aber manchmal ging ihm dessen Gestänker doch mächtig auf die Senkel.

„Oh, Werktätige … Das vornehme Beamtentum lässt sich in die Niederungen der Lohnabhängigen herab. – Einen Cappuccino mit Milch!" Willi Wedell war gelernter Setzer und Buchdrucker und hatte in einer Zeitungsdruckerei in Wilhelmshaven gearbeitet. Seit ihn ein Unfall zum Frührentner gemacht hatte, war er ziemlich verbittert. Er war hier in Esens bekannt wie ein bunter Hund.

„Sag mal, kennst du einen Hinni Schröder?“, fragte Kerkhoff.

„Ich kenne sogar zwei. Meinst du den Landwirt aus Hartward?“, fragte Willi zurück.

„Aus Barkholt, Maurer“, sagte Kerkhoff.

„Ach, der. Ja, der hat früher in unserer Nachbarschaft gewohnt; der ist in Ordnung. Ich kenne ihn auch von der Gewerkschaftsjugend, DGB-OJA.“

„OJA?“

„Deutscher Gewerkschaftsbund, Ortsjugendausschuss.“

„So etwas gibt es hier?“, fragte Kerkhoff erstaunt.

„Gab es, früher. Heute hat der DGB Nachwuchssorgen, aber damals in der Schüler- und Lehrlingsbewegung … Nebenbei, du solltest dich auch richtig organisieren, nicht im Beamtenbund, lieber in einer richtigen Gewerkschaft, du Werktätiger“, frotzelte Wedell.

„Ja, ja, du mich auch! Was ist das für ein Typ?“

„Super eigentlich. Aber rücksichtslos konsequent. Widersprüchlicher Typ: Hat einerseits etwas gegen Kirche, ist gleichzeitig sehr christlich eingestellt. Kämpferisch, ehrlich, recht intelligent, aber …“ Hier brach Willi Wedell ab, als fürchte er, einen Verrat zu begehen.

„Aber was?“, fragte Kerkhoff nach.

„Was willst du denn von Hinni? Hat der mit dem Fall zu tun?“

„Das werde ich *dir* gerade auf die Nase binden; dann kann ich das doch gleich zum Anzeiger bringen. Nun sag schon, was ist mit ihm?“

„Du hast Nerven. Du fragst mich aus, du willst etwas von mir wissen. Und dann gestattest du keine Nachfrage? Das ist ja ein Ding. Du alter Sesselfurzer, du.“

Jetzt waren sie in einer Grundsatzdiskussion, wusste der Hauptkommissar. Er müsste schon etwas preisgeben, damit Willi Wedell weitererzählte. „Nur so ein allgemeines Interesse, sonst nichts!" Er wusste, dass das schlecht geblufft war.

„Allgemeines Interesse", echote Willi, „das kannst du einem erzählen, der seine Hose mit der Kneifzange zumacht."

„Ach, machst du das nicht?", blaffte Kerkhoff zurück, aber er wusste, dass er den Streit nicht eskalieren lassen durfte, wollte er noch etwas über Schröder erfahren. Er nahm einen Überbrückungsschluck aus der Kaffeetasse. Nach der kleinen Pause sagte er: „Also gut. Hinni ist verschwunden und ich würde mich gerne mit ihm unterhalten. Schließlich arbeitet er auf dem besagten Bau und da ist jeder verdächtig. Er hat sich krankgemeldet. Zu Hause ist er auch nicht. Vielleicht ist ihm etwas zugestoßen, wer weiß? Da interessiert mich natürlich alles, ist doch klar. Übrigens, das bleibt unter uns, das versteht sich von selbst, mein Lieber."

„Logisch!", antwortete Willi mit einem langen Zisch. Er war wieder zugänglicher geworden, fühlte er sich doch jetzt als Geheimnisträger.

„Also, was wolltest du vorhin sagen? Er ist so weit ganz okay, aber ...?", nahm Kerkhoff den Gesprächsfaden wieder auf.

„Na ja, das mag ich nun fast gar nicht mehr sagen. Er kann sehr jähzornig sein. Ich habe ihn erlebt, als seine Schwester vor Jahren auf dem Schützenplatz angemacht wurde. Hinni sah das, griff sich den Typen und vermöbelte ihn nach Strich und Faden. Es wäre bestimmt schlimm ausgegangen, wenn seine Schwester ihn nicht zurückgehalten hätte. Sie war die Einzige, die ihn wieder zur Besinnung bringen konnte. Zwei junge Männer, die ihn festhalten wollten, hat er auch gleich umgehauen. Aber seine Schwester, die hat einen besonderen Draht zu ihm."

„Wieso? Erzähl!"

„Meinst du wirklich, er hat etwas mit dem Mord zu tun?

„Nein", wiegelte der Hauptkommissar ab. „Reine Routine. Ich sagte doch schon, er arbeitete dort, sonst nichts."

„Hinni war es auch nicht, da gebe ich dir Brief und Siegel. Hinni hat zwar einige Macken, aber das würde er nicht tun!"

„Warum bist du dir da so sicher?", fragte Kerkhoff.

„Ich kenne ihn gut. Und außerdem ..." Weiter kam er nicht, denn Hauptkommissar Czerlikowski betrat das Café.

„Wir setzen uns da hinten in die Ecke, geh schon mal vor", sagte Kerkhoff zu seinem Kollegen.

„Ah, ich darf nichts mithören", meinte Willi Wedell.

„Nein, darfst du nicht. Aus taktischen Gründen ist das sicher besser. Danke für die Informationen. Ich komme noch auf dich zurück. Heute Abend vielleicht. Stell schon mal das Bier kalt." Der Hauptkommissar erhob sich und bestellte gleich drei weitere Milchkaffees, denn die Sekretärin kam auch gerade dazu.

„Das ist doch mal ein angenehmes Arbeitsklima", sagte Marike. „Das sollten wir öfter machen!"

„Da hast du recht." Kerkhoff machte Platz, um ihr den Vortritt zu lassen. Sie gingen zu Czerlikowskis Tisch.

Czerlikowski berichtete von seinen Ermittlungen. Er hatte in der Firma *Schneider-Bau* vorgesprochen.

„Der Inhaber Wolfgang Goldau gleicht seiner rechten Hand, dem Reiner Muul, wie ein Ei dem anderen, nur fünfzehn Jahre älter. Gleiche Statur, gleiche Haarfarbe, gleicher Gang, gleicher Charakter und so weiter ..."

„Ja und? Das kommt vor", antwortete Kerkhoff.

„Na, überleg doch mal. Das Lebkuchenherz mit der Aufschrift: *Für dich, Goldie!* Das passt doch bei dem nicht. *Goldie* stand da, nicht *Muuli* oder so, nein *Goldie. Goldie* – Goldau. Das fiel mir auf, als die Ehefrau, die im Büro arbeitet, ihren Mann rief: ‚Goldie, Besuch für dich'. Goldau ist auch der amtierende Schützenkönig, Muul sein Adjutant. Womöglich war es eine Verwechslung!"

Kerkhoff überlegte. Da war was dran. „Das würde bedeuten, dass der Falsche ermordet wurde. Dann schlägt der Mörder höchstwahrscheinlich noch einmal zu. Wir müssen Goldau unter Personenschutz stellen. Veranlasse das. Dringend."

„Wie sollen wir den beschützen? Die Schützenfestvorbereitungen sind in vollem Gange. Der Mörder kann überall zuschlagen."

„Dann muss Goldau sich eben aus diesem ganzen Gewimmel heraushalten", sagte Kerkhoff. „Wenigstens, bis dieser Trubel vorbei ist."

„Gerrit, hast du Fieber? Esens ohne Schützenkönig? Wir müssten ihn schon in Schutzhaft nehmen, wenn es das noch gäbe, und selbst dann müssten wir einen Volksaufstand befürchten. Die ganze Compagnie würde zu den Waffen greifen und den Knast stürmen. Und Goldau selber würde da auch nicht mitmachen. In der Beziehung sind die Esenser fanatischer als die Taliban-Anhänger: Lieber den Märtyrer-Tod sterben, als nicht zum Schützenfest. Schlag dir das aus dem Kopf."

Kerkhoff wusste das selber. In diese Richtung brauchte er nicht weiterzudenken. Aber wie sollten sie Goldau schützen?

„Übrigens", Kerkhoff zeigte das Bild auf seinem Handy. „Hab ich bei Schröder entdeckt! Kreuz auf dem Kopf!"

„Interessant", murmelte Czerlikowski und verbrühte sich fast den Mund am heißen Kaffee.

Schützenhaus / Am Schützenplatz

Das Gewehr lag ruhig in seinen Händen. Es hatte das richtige Gewicht, nicht zu schwer und nicht zu leicht. Mit der Rechten berührte er fast zärtlich den dunkelbraunen Gewehrkolben. Eine tolle Arbeit. Glatt wie ein Kinderpopo. Der Zeigefinger schob sich durch die Öse zum Abzugshahn. Mit der Linken fasste er unter den Lauf und wiegte das Gewehr. Er hob es hoch und legte den Holzschaft an die Wange. Ein Auge schloss er. Mit dem anderen folgte er der Richtung des Laufes und visierte das Ziel an. Er war dabei ganz ruhig. Dann setzte er noch einmal kurz ab. Eine Fliege störte seine Konzentration. Ein schneller Griff beendete das Leben des Brummers. Er zielte erneut. Er wollte sich Zeit lassen. Er stellte sich vor, er würde jetzt den Richtigen treffen. Wenn es nur endlich so weit wäre. ‚Du musst dich beruhigen. Goldau wird seiner gerechten Strafe nicht entgehen', ermahnte er sich. Seine Bewegungen liefen nun ganz automatisch ab. Seine Führhand war ruhig, sein Ziel hatte er fest im Blick. Heute war die Generalprobe. Genau so würde er es machen. Sein Zeigefinger krümmte sich. Dann drückte er ab. Er war sich sicher, dass er getroffen hatte. Zufrieden nahm er seinen abgelegten Zigarillo aus dem Aschenbecher.

Dann drehte er sich zu seinen Nachbarn um.

„Bravo, ein guter Schuss!" Anerkennendes Schulterklopfen folgte. Sie freuten sich, dass er wieder zu ihnen gefunden hatte. Eigentlich hatten sie schon auf die Einladung verzichten wollen, weil er sich seit dem Vorfall die ganzen Jahre nicht mehr bei ihren Festen hatte sehen lassen. Er hatte sich sowieso immer mehr zurückgezogen. Früher war er Mittelpunkt der Feierlichkeiten gewesen und immer einer der Letzten, die nach Hause gingen. Fanden die Zusammenkünfte in seinem Haus statt, war er stets ein guter Gastgeber gewesen, dem für seine Gäste nichts zu teuer war.

Und heute war er also gekommen. Zufällig musste er auch als Erster schießen. Das Los hatte entschieden. Nachdem der Schießmeister sie mit den Regeln vertraut gemacht und ein paar lockere Sprüche losgelassen hatte, war die ganze Nachbarschaft richtig in Fahrt gekommen.

Friedrich Meyer drückte ihm ein Bierglas in die Hand. Er setzte sich und hörte den Tischnachbarn zu. Inhaltlich hatte sich an ihren Gesprächen nichts geändert. Es fing immer mit irgendeinem angeblich brisanten Ereignis an und glitt dann in die völlige Belanglosigkeit ab.

„Die Danehls sind auch schon wieder geschieden", wusste Gerda Folkerts zu berichten.

Harm Freese legte gleich vehement Widerspruch ein und tat kund, dass er noch näher an der Geschehnissen dran war als alle anderen: „Nee, die leben nur getrennt; sie hat ja nu einen viel Jüngeren. Ewald Danehl, der ist bei Holzmann als Tiefbauer beschäftigt."

„Danehl ... nun sag mal eben, was das für ein Danehl ist. Der kommt doch sicher aus Freepsum, oder?"

„Nein, das ist ein ganz anderer. Seine Eltern hatten das Kolonialwarengeschäft in der Hauptstraße von Utarp. Gleich vorne an, wo Conny Albers wohnte. Danach ist da diese Hippiekommune eingezogen, da wo jeder mit jedem, weißte noch, Hein?"

Hein nickte und gab sich entrüstet, hob sein Schnapsglas. Vermutlich wäre er eigentlich gern dabeigewesen, bei denen da, bei den Langhaarigen. Jedenfalls schlug er sich unvermittelt mit der flachen Hand auf den rechten Oberschenkel, beeilte sich dann aber zu sagen: „Oh ha, Sodom und Gomorrha. Prost!"

Die anderen waren aber schon eine Tür weiter. „Und sie soll auch schon bei ihm eingezogen sein; der wird sich noch wundern. So 'ne olle Schabracke und so ein junger Kerl. Na, vielen Dank. Zustände wie im alten Rom."

„Wovon leben die denn wohl? So viel wird sie wohl nicht mitbringen und bei ihm ist Schmalhans auch schon immer Küchenmeister gewesen."

„Von Lust und Liebe leben die und wenn das nicht reicht, gibt es ja noch das Sozialamt. Dann holen sie sich das Geld von Vater Staat und wir dürfen das wieder bezahlen."

„Was soll denn mit den Kindern werden? Die können auch nicht zur Oma. Das schafft Hermine nicht mehr, dazu ist sie zu alt, das hat sie wohl gleich gesagt. Und er muss den ganzen Tag über arbeiten. Die können doch nicht den ganzen Tag alleine sein, die Kinder." Die Nachbarn redeten sich in Rage. So endete das immer. Dabei wurden die Neuigkeiten von mindestens zwanzig Bekannten durchgehechelt, aufgesagt und wenn es nichts Neues gab, wurde etwas dazugedichtet, wenn auch mit einem „Hab ich gehört" relativiert.

Er stand auf.

„Wo willst du denn hin?", fragte Harm Freese. „Doch wohl noch nicht nach Haus? Wir haben noch gar keinen Schützenkönig für unsere Nachbarschaft gekrönt!"

„Keine Sorge, mein Lieber. Ich bring nur das Bier weg. Platz schaffen für das, was noch kommt." Er stand auf und ging ein wenig schwankend in Richtung Toiletten.

Er hatte diese alljährliche Zusammenkunft der Nachbarn gewählt, um die Örtlichkeiten genau auskundschaften zu können. Von dieser Tradition des Königschießens wurde jedes Jahr reger Gebrauch gemacht. Jede Gruppe konnte sich beim Schießmeister zu einem solchen Treffen anmelden. Sobald drei Esenser zusammenstanden, suchten sie sich einen Gruppennamen und legten los. Jeder Verein, jede Nachbarschaft, jeder Betrieb hatte seinen König, der auch im Schützenumzug mitmarschieren sollte. Er durfte auch auf dem Schützenplatz nicht ohne die Königskette angetroffen werden, andernfalls musste er die Lokalrunden übernehmen. Die silberne Königskette war gespickt mit kleinen Plaketten, auf denen sich die Exkönige verewigt hatten.

Er ging an der Toilettentür vorbei zum Ausgang und trat ins Freie. Mit dem rechten Zeigefinger schnippte er den Zigarillostumpen auf den geschotterten Weg.

15

Esens / Polizeiwache

Gerrit Kerkhoff hatte die Eisdiele inzwischen wieder mit seinem Büro getauscht und griff zum klingelnden Handy. Er bedankte sich bei Ressen für den Rückruf, denn das ersparte ihm einen Weg. Er durchblätterte seine Notizen: „Kannst du mir noch einmal beschreiben, wie es aus deiner Sicht abgelaufen ist?"

„Ich will dir nicht zu nahe treten, aber das habe ich nun schon mehrfach getan", entgegnete Ressen hörbar genervt.

„Ich weiß, ich weiß. Trotzdem habe ich das Gefühl, ich hätte irgendetwas übersehen. Mir scheint auch folgende Frage wichtig zu sein: Warum verhielten sich deine Hunde so ungestüm?"

„Es muss etwas da gewesen sein, was sie gerochen haben. Vielleicht war noch jemand im Gebäude, als wir eintrafen. Ein Stockwerk höher, wer weiß."

Kerkhoff fiel fast das Handy aus der Hand. „Du meinst, der Täter wäre noch dort gewesen?" Er war laut geworden, sodass Czerlikowski ihn erstaunt ansah.

„Der Täter oder sonst wer", sagte Ressen. „Nur so kann ich mir erklären, dass die Hunde so aufgeregt waren. Blutgeruch hatten wir später, als sie hinter dem Polizeiwagen lagen, auch. Das kann es also nicht allein gewesen sein. Die Hunde wollten sogar die Leiter hoch. Das konnten sie nicht, sonst hätten sie die Person gestellt. Das garantiere ich dir. So etwas Ähnliches hatten wir vor kurzem bei uns auch, als wir einen Handwerker bestellt hatten. Der gute Mann hatte sich nicht angemeldet und ging durch das Tor auf unseren Hof. Ich selbst hab's nicht bemerkt, aber die Hunde. Zum Glück hatte ich sie kurz zuvor zum Laufen angeleint. Wir wollten gerade los. Sie hätten ihm zwar nichts getan, aber weggelassen hätten sie ihn auch nicht."

Hauptkommissar Kerkhoff versuchte die neuen Möglichkeiten zu verarbeiten. Der Täter war noch am Tatort gewesen? Gab es noch mehr Beweise für diese Theorie oder nur die Interpretation von Ressen über das Hundeverhalten? Aber nachgehen sollte er dieser Möglichkeit schon. „Ist dir noch etwas aufgefallen?"

„Nein, eigentlich nicht. Ich denke, ich hab alles erzählt. Nur von meiner Beule noch nicht, oder?" Ressen lachte. „Aber das wird sicherlich nicht so wichtig sein."

„Beule? Wieso Beule?"

„Und ein riesiger blauer Fleck an der Wade", ergänzte der Sportler.

„Ich verstehe kein Wort", erwiderte Kerkhoff missmutig, denn er fühlte sich unnötig aufgehalten. Was interessierte ihn Ressens Krankengeschichte?

„Ich kam doch ins Straucheln durch den Eimer im Flur und dann bin ich noch über das Fahrrad gefallen. Hab ich lang und breit erzählt."

Das war es. Das hatte ihn gequält. Das war die Ungereimtheit, über die er sich sein Hirn zermartert hatte. „Moment, bleib dran!", sagte Kerkhoff und wandte sich an seinen Kollegen Czerlikowski. „Wir haben etwas übersehen, fürchte ich. Ressen sagt, er wäre über ein Fahrrad und über einen Eimer gefallen. Besorg die Fotos."

„Der spinnt, dort war kein Fahrrad und da lag auch kein Eimer", sagte Czerlikowski, als er in die Schublade nach den Fotos griff. „Sieh es dir an!“ Er warf das kleine Paket herüber.

„Und du bist dir ganz sicher?“, rief Kerkhoff etwas zu laut in das Telefon.

„Du hast Nerven, na klar bin ich sicher“, antwortete Ressen.

Kerkhoff verabschiedete sich, legte auf und sagte: „Also war der Täter noch im Bau, als Ressen die Leiche fand und die Hunde herausholte. Den Eimer und das Fahrrad nahm er, wahrscheinlich Hinni Schröder, später mit. Das Werkzeug muss vorher herausgefallen sein. Er sammelt es wieder auf, vergisst das Fugeisen oder findet es in seiner Aufregung nicht. Das ist es. Dann flieht er mit dem Fahrrad, wahrscheinlich in die entgegengesetzte Richtung nach Thunum. Er will Ressen nicht in die Arme laufen, wenn der mit der alarmierten Polizei zurückkommt.“

„Also brauchen wir nur den Besitzer des Werkzeuges zu finden, dann haben wir den Täter“, entgegnete Czerlikowski.

„Wie gesagt: wahrscheinlich Hinni Schröder“, stellte Kerkhoff fest.

Marike öffnete die Tür und legte eine Akte auf den Tisch. „Bericht von der KTU. Schröders Haus, vor allem die blutverschmierten Klamotten, die gefunden wurden.“ Unter den heimlichen Blicken der Kriminalbeamten ging sie zurück zur Tür und verschwand in ihr Büro. Kerkhoff nahm den Bericht und begann zu lesen, während sein Kollege ihm über die Schulter blickte. „Sieht schlecht aus für Schröder. Das Blut stammt von Muul. Hm.“ Kerkhoff überlegte einen Moment und sagte dann: „Lass uns doch eben die Schwester besuchen, die Schwester von Hinni, was meinst du?“

Czerlikowski rückte seinen Schreibtischstuhl zurecht: „Vamos!“

16

Königszelt / Am Schützenplatz

Er trat aus der hell erleuchteten Schießhalle in die einsetzende Dämmerung und blickte sich um. Langsam ging er nach links auf das große Königszelt zu. Es war bereits für die Feierlichkeiten aufgebaut. Die Empore für den Vorstand der Schützen stand auch schon. Und genau dorthin wollte er. Vorsichtig schob er den Vorhang des Nebeneingangs zur Seite und spähte hinein. Der ganze Saal lag verlassen vor ihm. Er legte auch keinen Wert auf irgendwelche Begegnungen.

Eilig lief er auf den Stuhl des Schützenkönigs zu und setzte sich. Nun drehte er sich zur Zeltrückwand. Goldau war einen Kopf kleiner als er, das musste er berücksichtigen. Er rückte mit dem Stuhl noch näher an die Zeltwand. Dann nahm er eine kleine Stecknadel mit dickem Kopf aus dem Revers und drückte sie durch die Zeltplane. Zur Kontrolle rückte er den Stuhl wieder zurück und blickte über seine Schulter, um die Höhe des Nadeleinstichs zu prüfen. Er schätzte, dass der Idealpunkt noch zwei Zentimeter links liegen würde.

Soeben wollte er die Nadel versetzen, als eine tiefe Stimme erklang. „Na, wollen Sie schon mal Maß nehmen, wie es sich als Schützenkönig sitzt?" Ein dickbäuchiger Bartträger rollte einen Stehtisch herein und lachte ihm freundlich zu.

„Ja, genau. Wer weiß, ob man jemals Gelegenheit dazu bekommt. Ein guter Schütze bin ich nicht, das wird wohl nie klappen."

„Man soll die Hoffnung nie aufgeben, auch ein blindes Huhn trinkt mal 'nen Korn", erwiderte der Bärtige.

„Genau, gut, dass Sie das sagen. Ich muss zu meinen Nachbarn zurück, sonst ist nachher kein Korn mehr da." ‚Bloß weg hier', dachte er. Die Korrektur konnte er auch von außen vornehmen.

„Dann man noch viel Spaß", wünschte der Bartträger.

Er drängelte sich durch den Nebeneingang wieder ins Freie. Das Dämmerlicht ließ die Konturen des Zeltes noch ganz gut erkennen.

Vom Schießstand dröhnte das Grölen der alkoholisierten Amateurschützen herüber. Er schlich an der Zeltwand entlang. In der Mitte tastete er nach der Markierung, bis er die Nadel spürte. Mit der Linken griff er in die Jackentasche und fischte einen sechs Zentimeter großen Aufkleber der Kurverwaltung heraus: Auf weißem Untergrund waren die großen roten, hervorstechenden Buchstaben EB für Esens-Bensersiel zu erkennen, darunter schwarz ein gezeichneter Deich mit blauen geschwungenen Wellen; rot-schwarzblau, die friesischen Farben. Außen herum stand in schwarzen Druckbuchstaben *Nordseeheilbad Esens-Bensersiel / Ostfriesland.*

Damit kennzeichnete er die Zeltplane. Der Aufkleber befand sich nun zwei Zentimeter vom Nadeleinstich entfernt. Er markierte die Stelle zusätzlich mit einem Kugelschreiber: Doppelt hält besser; sollte jemand den Aufkleber abnehmen oder sollte er herunterfallen … nichts sollte dem Zufall überlassen bleiben. Morgen bei Tageslicht würde er sich einen Ansitzplatz in dreißig Meter Entfernung suchen müssen.

Vor der Schießhalle säuberte er kurz seine Schuhe. Dann trat er in die lärmerfüllte Halle zurück. Sobald er erschien, schwoll das Lärmen seiner Nachbarn um einige Phon an.

„Da ist er ja!" – „Wo bist du gewesen?"– „Wir warten schon auf dich!" – „Wir wollten schon einen Suchtrupp zusammenstellen." – „Bist du auf dem Klo eingeschlafen?" Sie redeten wild durcheinander und lachten.

Alle klopften ihm auf die Schulter. Danach legte man ihm die Königskette um und ein dreifaches, vielstimmiges „Gut Schuss!" wurde angestimmt. Dann sangen die durstigen Kehlen das Lied „Dor kann noch een up staan ...!", womit er genötigt wurde, die nächste Runde zu ordern.

‚Schützenkönig der Nachbarschaft, auch das noch', dachte er und fingerte nach einem weiteren Zigarillo.

17

Bensersieler Straße

Kerkhoff hatte auf das Rennrad verzichtet und saß nun am Lenkrad des Dienstwagens neben seinem Kollegen Czerlikowski.

„Glaubst du, Schröder hat den Muul ermordet?", begann Czerlikowski.

„Es sieht so aus."

Sie befuhren die Hauptstraße nach Bensersiel.

„Aber warum hat er ihn gerade auf der Baustelle ermordet? Warum jetzt, warum nicht später? Warum auf diese Art und Weise?", fragte Czerlikowski. „Mir geht dieser religiöse Hintergrund nicht aus dem Sinn, das umgekehrte Kreuz und so weiter - beinhaltet dies eine besondere Symbolik, und wenn ja, welche? Ich denke, der Schröder ist unvermittelt auf Muul gestoßen. Es kam zu einem Wortgefecht. Schröder ist cholerisch. Agiert impulsiv und unberechenbar, das wissen wir. Er sieht rot und schlägt zu. Dann schmeißt er das Seil über die Balken, zieht ihn hoch und nagelt ihn fest."

„Das würde zu seinem religiösen Weltbild passen; Auge um Auge, Zahn um Zahn. Dann das Kreuz in der Küche. Die Indizien sprechen gegen ihn. Der wird wohl keine Kaninchen geschlachtet und damit seine Maurerhose verschmutzt haben."

„Aber was könnte ihn so in Rage versetzt haben?"

„Wenn wir das wüssten, wären wir einen Schritt weiter", erwiderte Kerkhoff. Im Innersten widerstrebte ihm allerdings diese Theorie; aus dem Bauch heraus glaubte er nicht, dass Hinni Schröder der Mörder war. Irgendwie vertraute er dem Urteilsvermögen von Willi Wedell. Der war ein guter Menschenkenner. Auf der anderen Seite sprachen die Indizien eindeutig gegen Schröder.

Sie bogen in den gepflasterten Feldweg ein.

„Oder es war eine Verwechslung", sagte Czerlikowski. „Er dachte, er hätte Goldau vor sich. Die beiden sehen sich sehr ähnlich. Und dann ist da noch das Lebkuchenherz: *Für Dich, Goldie!* Er wollte Goldau etwas heimzahlen, aber was?"

„Das passt nicht", meinte Kerkhoff, „spätestens beim Hochziehen des Körpers hätte er erkannt, dass er nicht Goldau, sondern den Muul vor sich hat. Diese ganze Inszenierung wäre sinnlos gewesen."

„Du hast recht. So richtig passt es nicht zusammen."

Sie hielten vor dem alten Gulfhof an. Es war ein typisch ostfriesisches Bauernhaus, das inmitten der Felder lag, durch hohe Bäume vor Sturm geschützt. Wohn- und Wirtschaftsteil gingen ineinander über, wobei das Dach der hinteren Stallungen wesentlich tiefer gezogen war. Im südlichen Bereich lag ein umzäunter, gepflegter Bauerngarten. Einige Hühner scharrten davor nach Würmern. Eine grob gezimmerte Sitzecke hinter einer windgeschützten Buchenhecke lud zum Ausruhen ein. Der Rasen war kurzgeschnitten, sah aber nicht so spießig aus wie bei einigen Häusern in der Stadt, wo die Besitzer samstags mit der Nagelschere Überlängen der Halme korrigierten. Kleine Entwässerungsgräben umzogen das Grundstück, an das sich grünes Weideland anschloss. Die stechend riechenden Ammoniakdämpfe vom nahen Misthaufen trübten das idyllische Bild. Dicke Schmeißfliegen flirrten durch die Luft.

Hauptkommissar Kerkhoff lehnte sich auf die geöffnete Autotür. Von so einem Anwesen träumte er, obwohl er auch wusste, dass ihm in seinem Job gar keine Zeit bliebe, um so ein Gebäude und so ein Grundstück in Schuss halten zu können.

Er blickte an der Hausecke vorbei auf das Nachbarhaus, das in ungefähr fünfhundert Meter Entfernung neben einem halbhohen Futtermaisfeld stand. Dorthin hatte Kerkhoff im Dezember Willi Wedell begleitet, der in diesem Landarbeiterhaus geboren war. Sie hatten damals Willis Eltern besucht.

Kerkhoff schlug die Autotür zu, als er einen kleinen Jungen in der Sandkiste spielen sah.

18

Bauernhof Schröder / Armenland

Verwundert über die unverschlossene Tür trat Hinnis Schwester in den Flur. „Hinni, bist du hier?" An der Flurgarderobe hing sein Rucksack. Sie zog ihre Jacke aus, hängte sie daneben und ging in die Küche. Dort entdeckte sie den großen Briefumschlag mit dem Anschreiben und eine Paketkarte. Sie stellte ihre Einkaufstüten ab. Noch bevor sie ein zweites Mal nach ihrem Bruder rufen konnte, fuhr draußen ein Wagen vor, und kurz darauf klingelte es an der Haustür. Sie öffnete. Zwei gutgekleidete Männer mittleren Alters standen ihr gegenüber.

„Kerkhoff ist mein Name, Kriminalpolizei. Das ist mein Kollege Czerlikowski." Die Männer wiesen sich aus.

„Kriminalpolizei? Moin erst mal. Was führt Sie zu mir?"

„Sind Sie Frau Schröder?" Ohne die Antwort abzuwarten, sagte Czerlikowski. „Wir suchen Ihren Bruder, Hinrich Schröder!"

„Meinen Bruder?" Verwundert sah Marie Schröder die Polizisten an. „Aber warum denn?"

„Reine Routine. Es hat in Esens ein Tötungsdelikt gegeben, wie Sie sicher schon wissen, und deshalb müssen wir auch Ihren Bruder befragen. Können wir nicht hereinkommen?"

„Aber sicher! Hier links ist die Küche."

Die Kriminalbeamten schauten sich neugierig um, als sie das Haus betraten.

„Setzen Sie sich doch. Es ist aber noch nicht aufgeräumt, ich bin auch gerade erst heimgekommen", entschuldigte Marie Schröder die Einkaufstüten auf dem Tisch und der Anrichte.

„Das macht nichts. Was ist mit Ihrem Auge? Hatten Sie einen Unfall?" Kerkhoff deutete auf ihr blaues Auge.

Marie Schröder wischte mit der linken Hand vorsichtig über ihr Veilchen: „Halb so schlimm. Deswegen sind Sie doch sicherlich nicht hier, oder?"

„Nein", sagte der Hauptkommissar, „deswegen nicht."

Während Marie Schröder den Tisch weiter abräumte, zupfte Czerlikowski seinen Kollegen am Arm und deutete auf ein Kreuz über dem Küchenschrank.

„Sagen Sie mal, Frau Schröder, das Kreuz dort über Ihrem Schrank. Warum steht das auf dem Kopf?", fragte Kerkhoff.

„Das Kreuz?" Marie Schröder blickte kurz auf und guckte über ihre Schulter zur Wand. „Ach das!" Sie drehte sich um und sah die Polizisten lächelnd an. „Das ist so 'n Spleen von meinem Bruder. Er hat was gegen die Pfaffen, sagt er immer. Eigentlich sind wir von je her eine christliche Familie. Auf dem Bauernhof ist das eben so. Kennen Sie doch: Erntedank und so weiter!"

„Und Ihr Bruder wollte mit dem umgedrehten Kreuz etwas dagegensetzen?", fragte Czerlikowski.

Marie blickte ihn erstaunt an. „Hinni? Nein, der doch nicht. Er ist doch der Frömmste von uns. Nein, Hinni störte sich immer nur an der Kirche als Institution, aber doch nicht am Christentum!"

„Er will also nichts mit der Kirche zu tun haben, ist aber selber christlich eingestellt. Versteh ich das richtig?", fragte Czerlikowski nach.

„Sagte ich doch eben! Was glauben Sie, wie viele peinliche Situationen ich deswegen schon erlebt habe. Jedes Mal hat sich Hinni mit unserem Pastor um Glaubensfragen gestritten. Da ließ er nicht locker. Hinni konnte sich wegen so etwas immer fürchterlich ereifern, wissen Sie!“ Marie Schröder blickte Czerlikowski an und fügte dann schnell hinzu: „Aber eigentlich ist er ein ganz Lieber, glauben Sie es mir!“

„Mag sein“, warf Kerkhoff kurz ein.

„Sie sagten vorhin, es hätte einen Toten gegeben. Wer ist denn getötet worden?“, fragte Marie Schröder.

„Reiner Muul. Sie wissen wohl nicht, wo Ihr Bruder sich aufhält?“

„Ich habe ihn heute noch nicht gesehen“, sagte Marie und das entsprach schließlich der Wahrheit. Sie konnte ihren Schreck aber nur mühsam beherrschen und sah, dass der Polizist dies genau registrierte.

*

Während Marie weitere Fragen der Polizei beantwortete, saß ihr Bruder im Bad. ‚Sie müsste doch bemerkt haben, dass ich da bin‘, dachte Hinni: Der Rucksack im Flur, die Paketkarte auf dem Tisch, der große Briefumschlag, die konnten doch nicht von alleine dorthin kommen. Das hätte ihr doch auffallen müssen.

Hinni war in Sorge. Würde seine Schwester dem Verhör standhalten? Leise öffnete er die Tür und schlich auf Zehenspitzen den langen Flur entlang zu seinem Rucksack. Er hörte die Stimmen in der Küche. Marie bot den Beamten etwas zu trinken an.

Vorsichtig nahm Hinni den Rucksack vom Haken und ging behutsam die Holztreppe nach oben. Dabei trat er an die äußersten Enden der Stufen, um ein verräterisches Knarren zu vermeiden. Bei den letzten beiden machte er einen großen Schritt. Er wusste, diese Stufen würden unweigerlich knarren, egal, wo er hintrat.

Wenn er in jungen Jahren nachts betrunken nach Hause gekommen war, hatte er sich so leise wie möglich nach oben in sein Zimmer geschlichen, damit die Eltern seinen Zustand nicht bemerkten. Das hatte immer gut geklappt und es klappte auch heute. Hinni gelangte auf den Dachboden und schlüpfte durch die feuerhemmende Tür, die den Stallteil vom Wohngebäude trennte. Dann balancierte er über den Köpfen der schwarzweißen Kühe auf den Querbalken sicher zum hinteren Ende. Dort kletterte er geschickt hinunter. Die Herde wurde etwas unruhig. Hin und wieder muhte eine der Kühe laut hinter ihm her. An der grünen Außentür machte Hinni Halt und spähte vorsichtig hinaus. Gemächlich ging er nun zu der Baumgruppe, die im Untergebüsch mit Felsenbirnsträuchern besetzt war und einen guten Sichtschutz bot. Unter einem Busch deponierte er den Rucksack und schlich sich so weit vor, dass er den Hauseingang sehen konnte.

19

Bauernhof Schröder / Armenland

Gerrit Kerkhoff war unzufrieden. Das Gespräch mit Marie Schröder hatte keine konkreten Hinweise über den Aufenthaltsort ihres Bruders gebracht. Eigentlich klang alles ganz plausibel, aber ihm war ihre Nervosität aufgefallen. Kerkhoff hatte die ganze Zeit das Gefühl, Hinni Schröder wäre in der Nähe gewesen. Nun waren sie auf dem Rückweg.

Plötzlich bremste er abrupt. Die Reifen quietschten. Kerkhoff riss den Wagen herum und raste zurück.

„Was ist denn los, Mann?", brüllte Czerlikowski. „Bist du wahnsinnig geworden?" Mühsam hielt er sich am Haltegriff fest.

„Anfänger! Wir benehmen uns wie die Anfänger. Der Schröder ist da. Ich habe es gewusst, ich habe es die ganze Zeit gewusst", brüllte Kerkhoff zurück.

„Und warum bist du dir da so sicher?"

„Na, weil im Flur der Rucksack hing. Als wir gingen, war der weg. Das war Schröders! Mist, verdammter. Wahrscheinlich ist er jetzt schon über alle Berge."

„Berge? Felder meinst du wohl?", versuchte Czerlikowski zu witzeln, aber Kerkhoffs Blick ließ ihn verstummen.

Sie zogen eine Staubwolke hinter sich her. Die Stoßdämpfer des Dienstwagens schlugen bis zum Anschlag durch.

Czerlikowski sah respektvoll aus dem Fenster auf die Gräben, in denen er sich bei Kerkhoffs riskanter Kurvenfahrt schon liegen sah. Er kannte seinen Partner. Wenn in Gerrit der Jagdtrieb erwachte, war kein Halten mehr, besonders nicht, wenn er sich zudem veralbert vorkam.

Der Wirtschaftsweg war in einem schlechten Zustand. Mehrmals schlug Czerlikowski mit dem Kopf an den Fahrzeughimmel und an das Seitenfenster. Er hielt sich krampfhaft am Haltegriff fest und presste sich mit aller Kraft in den Beifahrersitz. „Du spinnst doch", entfuhr es ihm. Auf dem Vorplatz zu Bauernhof entkam eine schwarz-weiße Katze nur knapp dem rollenden Geschoss.

„Wo ist Ihr Bruder?", brüllte Hauptkommissar Kerkhoff und rannte an Marie Schröder, die ihre restlichen Einkaufstüten draußen aus dem Auto holte, vorbei durch die geöffnete Eingangstür.

„Wie kommen Sie dazu, meine Wohnung zu stürmen?", fragte Marie Schröder entrüstet. Czerlikowski schüttelte den Kopf und sah von einem zum anderen. Dann legte er seine Hand auf den Arm von Gerrit Kerkhoff und sagte ruhig: „Frau Schröder, war Ihr Bruder vorhin im Haus?"

„Ja, aber ich wusste es nicht, ich habe es nur vermutet. Als Sie weg waren, kam er zu mir und wollte mir etwas erklären. Doch dazu kam es nicht; er sah Sie zurückkommen."

Kerkhoff schnaufte wütend. Doch bevor er etwas sagen konnte, fragte Czerlikowski: „Wo ist er jetzt?"

„Er hat nur Tschüss gesagt und wollte wieder wegfahren."

„Wegfahren? Mit dem Auto? Dann müsste er uns doch entgegengekommen sein!"

„Nein", erwiderte Marie und trug ohne weitere Erklärung eine Einkauftüte ins Haus. Sie bedachte Hauptkommissar Kerkhoff mit einem wütenden Blick.

Er wollte ihr folgen, wurde aber durch ein Handzeichen von Czerlikowski zurückgehalten. Er sagte nichts mehr.

Czerlikowski ging einige Schritte in Richtung Tür, als Marie Schröder wieder erschien. „Also: Wie und wohin ist er gefahren?", wiederholte Czerlikowski, nun ebenfalls ungeduldig.

„Wohin weiß ich nicht", antwortete sie.

„Und womit?" Czerlikowski stellte sich ihr in den Weg. Er wollte nicht wieder erst warten, bis sie weitere Tüten abgeladen hatte und aus dem Haus kam.

„Würden Sie bitte zur Seite gehen?"

Er bewegte sich einen Schritt, sodass sie ganz nah an ihm vorbei gehen musste, um ins Haus zu gelangen.

„Mit dem Fahrrad natürlich, am Kanal entlang!"

„Dann kann er noch nicht weit sein!" Schon hatte Kerkhoff sein Handy am Ohr. Neben mehreren Einsatzfahrzeugen forderte er auch den Polizeihubschrauber an. Dann rannte er um den Bauernhof herum, um in Richtung Kanal zu gelangen. In einiger Entfernung sah er einen Fahrradfahrer um die Kurve fahren. Kerkhoff lief über einen Stapel Paletten und alten Brettern hinweg. Er übersah die hervorstehenden Nägel. Der Schmerz kam unerwartet und ließ ihn mit einem Schrei zusammensacken.

20

Kajedeich / Bensersieler Tief

Hinni hatte die Polizisten abfahren sehen. Marie hatte sie also abwimmeln können. Das hatte er ihr gar nicht zugetraut. Hinrich Schröder hob sein Fahrrad hoch, trug es über den Laufsteg, der die Ufer der Entwässerungsgräben verband, und packte seinen Rucksack auf den Gepäckträger. Er lehnte das Rad an den Baum neben dem Ostfriesland-Wanderweg. Dann ging er zurück und suchte Deckung in der Baumgruppe. Nach einigen Schritten zur Seite konnte er den Hofeingang einsehen. Er wollte mit Marie reden. Er rief seine Schwester, um sie zu beruhigen. Doch bevor Hinni eine längere Erklärung abgeben konnte, sah er, dass der Polizeiwagen wendete und mit hohem Tempo den schmalen Feldweg zurückraste.

Marie bedeutete ihm mit den Armen, so schnell wie möglich abzuhauen. Er zeigte ihr mit einer Handbewegung, dass er sie anrufen würde. Sie winkte. Schnell suchte er Schutz in seinem alten Versteck hinter den Bäumen.

Mit quietschenden Reifen hielt das Auto auf der Hofauffahrt. Hinni hörte einen der beiden Polizisten seine Schwester anbrüllen. Am liebsten wäre er hingelaufen, um ihr beizustehen. Was bildeten die sich ein? Wie konnten die so mit ihr umspringen?

Dann riss er sich zusammen und überlegte. Letztlich war er selber der Grund. Die Polizisten hatten sicherlich den fehlenden Rucksack bemerkt und würden jetzt die Umgebung nach ihm absuchen. Hinni Schröder sprang auf und lief über den Graben. Den Steg zog er auf seine Seite; allzu leicht wollte er es seinen Verfolgern nicht machen. Sollten sie doch durch den Graben schwimmen. Vor seinem inneren Auge sah er zwei Polizisten durch das schlammige, mit Entengrütze bedeckte, jauchige Wasser robben. Er lachte. Ein schönes Bild.

Er war bereits etliche Meter gefahren, als er sich umschaute und einen der Kriminalbeamten um die Ecke des Hofes herum direkt auf sich zurennen sah. Einen Moment lang trafen sich ihre Blicke über die Entfernung hinweg. Dann trat Hinni in die Pedale und nahm Fahrt auf. Er schaute sich nicht mehr um, auch nicht, als er den schmerzerfüllten Aufschrei seines Verfolgers hörte. Hinrich Schröder bog in den Wanderweg ein, der am Kanal entlangführte. Vor ihm fuhr eine Radwandergruppe. Die Touristen hatte ein gemächliches Tempo drauf. Schröder fuhr heran und war nun Teil einer Gruppe. Nach zehn Minuten, in denen er nur hinter den anderen Radfahrern herfuhr, war lautes Rotorengeräusch zu hören. Ein Polizeihubschrauber tauchte hinter den Bäumen des Stadtwaldes auf und überflog die Radfahrer. Sie winkten den Piloten zu. Auch Schröder winkte. Würden die Polizisten sich täuschen lassen?

Nach einem Augenblick donnerte der Hubschrauber im Tiefflug über den Radweg, auf dem die Fahrradfahrer gekommen waren. Sie suchten einen einzelnen Fahrer.

Bei der Brücke ließ Hinrich Schröder die Gruppe ziehen. Er blickte zurück. Der Helikopter stand nun etwa über dem Bauernhaus. Zweifelsfrei würde er in Kürze zurückfliegen. Hinrich stieg ab, packte das Fahrrad am Rahmen und trug es gerade noch rechtzeitig die

Böschung hinunter unter die Brücke – es dauerte nicht lange, da flog der Polizeihubschrauber über ihn hinweg. Aber hier unter der Brücke würden die Piloten ihn unmöglich entdecken können.

21

Holtgast

Er parkte den dunklen Mercedes in einer Seitenstraße. Über den Garten des nächsten Grundstückes hinweg hatte er einen guten Blick auf das Anwesen des Bauunternehmers. Wolfgang Goldau würde nicht zu Hause sein. Die Verpflichtungen im Vorfeld des Schützenfestes forderten ihren Tribut. Goldau würde auf der heutigen Zusammenkunft seine Kontakte pflegen.

Er blickte sich um. Auch Goldaus Nachbarn schienen ohne Ausnahme unterwegs zu sein. Nirgendwo brannte Licht, niemand war zu sehen, nichts rührte sich. Als er die Autotür öffnen wollte, sah er im Rückspiegel einen abendlichen Spaziergänger, der seinen Schäferhund ausführte. Konnte der nicht ein wenig schneller gehen? Überall blieb der Hund stehen und schnüffelte. Es zerrte an seinen Nerven. Die abrupte Bewegung des Hundes in Richtung einer interessanten Duftmarke machte der ältere Mann, der ihn führte, ohne Gegenwehr mit. Er kannte den Hundebesitzer von einigen politischen Veranstaltungen und wusste, dass er häufig Leserbriefe an die Zeitung schickte. Der Mann prangerte darin die ökologischen Verfehlungen der Weißen Industrie an. Professor Habbena hieß der, wenn er sich recht erinnerte, – emeritiert. Er wohnte hier ganz in der Nähe, einige Straßen weiter.

Der Professor trottete langsam hinter dem Hund her. Gedankenverloren blieb er vor dem Mercedes-Kombi stehen, als der Schäferhund das Bein hob und einen gezielten Strahl auf die blanken Radfelgen schickte. Dann ging der Professor weiter und bog mit dem Tier um die Ecke.

Langsam schob der Mercedesfahrer sich aus der Kauerstellung wieder aufrecht hinter das Lenkrad. Noch einmal nach allen Seiten sichernd, griff er die große Tasche mit den roten Kanistern und den anderen Utensilien. Er machte sich auf den Weg. Niemand begegnete ihm. Ohne Mühe gelangte er in das Wohnhaus.

Hier also hatte der Mistkerl all die Jahre in Ruhe und Zufriedenheit gewohnt, ohne ein Zeichen der Reue, und trieb seine dunklen Geschäfte und Machenschaften.

Im Flur mit der marmornen Halbrundtreppe und dem reich verziert geschmiedeten Eisengeländer tickte eine große Antikuhr mit wuchtigem Zifferblatt und langen schwarz-goldenen Zeigern. Es wurde Zeit, er musste sich beeilen.

Goldau schien eine Schwäche für alte, teure Einrichtung zu haben. Diese zugegebenermaßen schönen Möbelstücke, allen voran das verschnörkelte Vertiko mit dem geschwungenen und mit Spiegeln versehenen Aufsatz, waren allerdings mit kitschigen Porzellanfiguren und -püppchen bestückt. Das passte zu diesen Neureichen, fand er.

Er zwang sich, seinen Plan einzuhalten und nichts vorzeitig zu zerstören. Mit dem Zeigefinger der rechten Hand stocherte er in die Ringöffnung der Dachbodenklappe, entriegelte das Halteschloss und klappte die Holztreppe herunter. Seine Hände schwitzten in den Einmalhandschuhen. Die Stufen knarrten leise unter seinem Gewicht. Er hielt inne und lauschte. Dann setzte er den Fuß auf den mit Rauspund gezimmerten Fußboden. Vorsichtig füllte er die flache Wanne, in deren Mitte er eine Kerze stellt. Darüber spannte er ein Leinentuch mit einem entsprechend großen Loch für die Kerze, damit die ausströmenden Dämpfe nicht vorzeitig eine Explosion auslösten.

Den zweiten Kanister stellte er in die Nähe der Bodentreppe, schraubte den Deckel ab und bohrte mit dem Messer ein Loch in den Kanisterboden. Das Gemisch lief über die Bretter und erreichte tropfend die Bodenluke, von wo es in die darunterliegende Etage tröpfelte. Mit einem Kaminfeuerzeug zündete er nun die Kerze an. Nach seinen Berechnungen und Tests würde sie in den nächsten fünfundvierzig bis sechzig Minuten so weit abgebrannt sein, dass die explosive Flüssigkeit Feuer fangen und das Haus abfackeln würde. Bis dahin wäre er längst verschwunden.

Auf dem Weg nach unten fiel sein Blick auf die halboffene Tür zu den Büroräumen des Bauunternehmers. Er schlich hinein. Im Regal sah er die Kundenordner. Zwei Ordner mit der Aufschrift R-T und eine Fotografie des Bauunternehmers mit dessen Familie nahm er aus den Bücherregalen mit. Sonst fiel ihm nichts Interessantes in die Hände. Leise schloss er Goldaus Haustür. Sekunden später startete er den Mercedes und ließ ihn langsam anrollen. Auf der Hauptstraße zog er das Tempo an. Ein grimmiges Lächeln umspielte seine Mundwinkel.

22

Esens-Osthörn / Marktplatz

„Soll ich dir einen Tee machen?“ Ninas Fürsorge tat gut. „Hast du schon bei der Zeitungsredaktion angerufen?“

„Bei der Zeitung?“, fragte Gerrit Kerkhoff erstaunt und bewegte leicht den hochgelegten, verbundenen Fuß.

„Ja, oder interessiert es die nicht, wenn ein deutscher Hauptkommissar wegen seines engagierten Einsatzes bei der Verbrecherjagd schwer verletzt und deshalb für das Bundesverdienstkreuz vorgeschlagen wird?“ Ihr beißender Spott tat nicht gut.

„Ja, ja! Lach mich nur aus! Wenn wir nicht wären, könntest du nicht so ruhig schlafen, meine Liebe!“, sagte er gespielt beleidigt.

„Okay, mein großer Beschützer: Frieden?“ Sie legte zärtlich den Arm um seinen Hals, küsste ihn auf den Mund und schwang sich mit Elan ins Sofa. „Habt ihr den Kerl wenigstens geschnappt?“

„Nein!“

„Was, nicht? Einen Mörder habt ihr laufen lassen? Und dann soll ich ruhig schlafen können? Nee, ich fürchte mich allein zu Hause. Dann werde ich eben heute Nacht hier bleiben müssen, so leid es mir tut. Außerdem muss ich morgen erst zur dritten Stunde in die Schule.“

„Dann hatte es ja auch sein Gutes, dass er entkommen ist“, grinste Gerrit zurück.

Sie lächelte ihn mit ihren sanften, braunen Augen an.

Diese wunderschönen Augen hatten es ihm vor zwei Jahren auf dem Esenser Schützenfest sofort angetan. Gerrit verlor sich in der Erinnerung.

*

Zwei Jahre zuvor

Damals stand Gerrit Kerkhoff mit Willi Wedell am Freitagabend vor dem Esenser Rathaus. Auf dem gutbesuchten Marktplatz versammelten sich die Schützeneinheiten und standen in Reih und Glied, nachdem die Schützen vom Hauptmann aus den umliegenden Gaststätten gerufen worden waren. Willi stiegen die Biere schon mächtig zu Kopf. Bei jedem Befehl des obersten Schützen haderte er mit dem militärischen Ablauf der Parade. Aus dem Lautsprecher tönte ein lautes „Stillgestanden!".

„Ich werde nie verstehen, warum sich gestandene Männer freiwillig in solche Uniformen zwängen", grollte Willi und sah verächtlich einem vorbeieilenden Schützen nach, der anscheinend sein Bier nicht schnell genug ausgetrunken hatte. Die silbernen Medaillen an der Schützenjacke begleiteten klimpernd seine schnellen Schritte.

„Rührt euch!"

„Erst *stillgestanden*, dann *rührt euch!* Warum machen die so etwas mit?"

„Tradition, denke ich", versuchte Gerrit Kerkhoff ihn zu beschwichtigen. Er hatte eigentlich gar keine Lust, sich mit Wedell über den tatsächlichen oder angeblichen preußischen Drill der Schützenbrüder auseinanderzusetzen. Doch Willi war in seinem Element: „Tradition, Tradition! Also, du solltest vorher überlegen, was du sagst, Gerrit. Glaubst du nicht auch, dass wir schon genug traditionelle Umzüge in Deutschland hatten?"

Kerkhoff war genervt. Ging das schon wieder los? Dennoch entgegnete er: „Das ist doch sicher nur, um zusammenzukommen oder so. Du kennst viele dieser Männer, die haben mit anderen militärischen Aufmärschen nichts zu tun. Mit Tradition meine ich das gesamte Schützenwesen dieser Stadt, das schon ziemlich alt ist, Jahrhunderte sogar. Das muss ich als Zugezogener dir wohl nicht extra sagen, oder!"

„433 Jahre!", mischte sich ein Umstehender ein, der auf den Streit aufmerksam geworden war.

„Das wissen wir selber", giftete Willi den ungebetenen Kommentator an. Gerrit Kerkhoff wollte keinen Streit und zog Willi beiseite.

„Grundsätzlich hast du recht", lenkte Willi überraschend ein, „aber trotzdem verstehe ich diesen ganzen militärischen Touch nicht. Wie können sich erwachsene Männer über eine Blechmedaille und eine Beförderung in der Schützenhierarchie freuen?! Die müssen doch in anderen Bereichen in ihrem Selbstwertgefühl zu kurz gekommen sein."

„Warum fragst du sie nicht, warum sie in dem Verein sind, dann weißt du es genau!"

„Du wirst es nicht glauben, aber ich habe es gemacht und außerdem würde ich den Ausdruck Schützenverein in Esens vermeiden. Wir haben hier eine Schützencompagnie!", verbesserte Willi Wedell.

Gerrit Kerkhoff schaute ihn von der Seite an. Klang da etwa Stolz mit? Stolz auf die Compagnie und das bei diesem notorischen Nörgler? Schließlich war Willi Esenser und die sollten ja das Schützenwesen mit der Muttermilch aufgesogen haben, wie Kerkhoff bereits mehrfach mitbekommen hatte.

Der Fackelzug setzte sich zum Marsch durch die Stadt in Bewegung. Gerrit steuerte mit Willi auf einen Bierstand zu. Mit ausgestrecktem Zeigefinger und Daumen orderte er zwei Bier. Beim Umdrehen trat er einer hübschen jungen Frau versehentlich auf den Fuß.

„Idiot", entfuhr es ihr und sie sah ihn mit böse funkelnden Augen an.

„Sie machen wegen der Geselligkeit mit und wegen der Kameradschaft", setzte Willi Wedell das Gespräch von vorhin nahtlos fort, während er dem Abmarsch der Fackelträger zusah und Gerrit Kerkhoff den Rücken zukehrte. Er redete ununterbrochen von den Motiven zur Mitgliedschaft in der Compagnie, obwohl Gerrit davon überhaupt nichts mitbekam.

Gerrit stammelte eine Entschuldigung und war vom Blick dieser Frau total gefesselt.

„Jetzt glotzen Sie mich nicht auch noch so debil an!", ereiferte sie sich.

„Ich … äh … ich wollte das nicht …!" Weiter kam er nicht, weil sie mit einer Gruppe von Männern und Frauen gleichen Alters weiterging, nicht ohne ihm noch einen vernichtenden Blick zuzuwerfen.

„… diese Behauptungen sind doch alle vorgeschoben oder was meinst du?", fragte Willi, seinen Monolog beendend.

„Wahrscheinlich", stimmte Kerkhoff zu, der nicht das Geringste verstanden hatte. Immer noch blickte er der schönen Fremden hinterher. „Du, sag mal, weißt du, wer das ist?"

„Wer?"

„Na, die da … Ich meine, was sind das für Leute dort, die zum Schafmarkt rübergehen?" Er deutete mit dem Kopf in die Richtung.

„Pauker, wenn ich mich nicht täusche, alles Pauker. Die wissen nicht alles, aber alles besser. Von der Sorte, du verstehst?“ Willi hatte seine nächste Schublade geöffnet.

An der Theke tranken sie ihr Bier.

„Das ist alles so etwas von konservativ, so reaktionär ...“, ereiferte sich Willi erneut.

„Und warum bist du hier? Du wolltest doch unbedingt heute mit mir hierher! Warum?“

Willi stutzte. Diese Frage hatte er nicht erwartet. „Warum? Warum? Um mich zu amüsieren, natürlich, um Leute zu treffen, um zu feiern. Aus Tradition eben!“

„Aus Tradition, aha!“ Gerrit Kerkhoff lachte. Willi blickte ihn an. Zum ersten Mal, seit Gerrit ihn kannte, sah er Willi Wedell sprachlos.

Willi trank hastig aus und sagte beleidigt: „Ich kann ja auch gehen! Ich muss mich von so einem Bullen wohl nicht auslachen lassen, oder?“ Er drehte sich um und zog ab.

Grinsend sah Kerkhoff ihm nach. Morgen würde er seinem Freund sicher einen ausgeben müssen, um ihn wieder zu besänftigen.

Im Hintergrund warfen die zurückkehrenden Schützen die brennenden Fackeln in einen mitten auf dem Marktplatz aufgestellten Metallbottich. Meterhohe Flammen loderten in den dunklen Himmel und erleuchteten die alte Häuserfassade und den Platz. Während Gerrit Kerkhoff die Gaststätte neben dem Tidebrunnen betrat, hieß es für die Schützen: *„Hut ab zum Gebet!“* Den großen Zapfenstreich erlebte er in der Kneipe. Hier herrschte dichtes Gedränge. Gerrit Kerkhoff kämpfte sich bis zur Theke vor und bestellte ein Bier, als er plötzlich einen stechenden Schmerz auf dem Mittelfußknochen spürte.

„Entschuldigung." Die Frau, der die sanfte Stimme gehörte, fügte hinzu: „Ach – Sie!" und brach in schallendes Gelächter aus. „Oh, das tut mir jetzt leid, aber nun wissen Sie, wie weh das tut! Jetzt sind wir quitt!"

„Aber ich hatte keine Pfennigabsätze an", entgegnete Gerrit, seinen Fuß wieder vorsichtig aufsetzend. Er sah wieder in diese wunderschönen braunen Augen. „Möchten Sie etwas trinken?"

Sie nickte und deutete auf die Kreidetafel, auf der ein trockener Dornfelder angeboten wurde.

Das Gespräch kam nur langsam in Gang. Dafür blickte er immer wieder in ihre Augen und sie lächelte ihn immer wieder an. Von draußen ertönte der Befehl *„Hut auf!"*. Ihre Kollegen brachen auf, um die Kneipe zu wechseln. Sie rief ihnen hinterher, sie würde bald nachkommen, aber daraus wurde nichts.

Die Zeit verrann wie im Flug. Kurz nach ein Uhr begleitete Gerrit Nina zum Taxistand und winkte ihr hinterher. Für den folgenden Abend verabredeten sie sich im Sängerzelt.

Gerrit Kerkhoff befand sich den ganzen Samstag über in Hochstimmung. Zum Glück konnte er seine Überstunden abbummeln und bekam bis einschließlich Dienstag frei. Bis dahin wollte er es sich gutgehen lassen. Am Abend traf er natürlich früher als verabredet auf dem Kirmesplatz ein. Er wollte sie um keinen Preis verpassen. Sein Fahrrad stellte Gerrit wie üblich in der Garage der Esenser Polizeiwache ab. In Höhe des *Amerikanerhuus* überquerte er die Straße und bog kurz danach auf den gutbesuchten Schützenplatz ein. Die Kleidungstücke am Stand der indischen Händler wehten im leichten Sommerwind. Verführerischer Duft geräucherter Aale wechselte mit dem Aroma vom Wagen der Berliner- und Zuckerwarenbäcker. Drei

Meter weiter stieg ihm der Geruch heißer Currywürste und Pommes Frites in die Nase. Unwillkürlich tastete Kerkhoff nach seinem Bauchansatz, um den Verlockungen nicht nachzugeben. Von allen Seiten drangen Geräusche der Fahrgeschäfte, Spielgeräte und Losbuden auf ihn ein. Die Drehorgelmusik der Karussells wurde von dem brummenden Bass der Achterbahn und dem wilden Hupen der Autoskooter übertönt. Zwischendrin priesen Durchsagen die Vorzüge und den Nervenkitzel der Geisterbahn.

Gerrit blickte auf die Uhr. Er war immer noch zu früh dran. Deshalb steuerte er das nächste Zelt an. Hier spielte die Gruppe *Timecheck* gecoverte und eigene Rocksongs. In einer Ecke sah Gerrit plötzlich Nina in ihrem knöchellangen, dunkelroten Baumwollkleid, das sich dekorativ von ihren braunen Armen abhob. Konsterniert stellte Gerrit fest, dass ein schlanker, wesentlich jüngerer Typ die rechte Hand auf ihre Schulter gelegt hatte. Schon wollte er auf dem Absatz kehrt machen, als Nina ihn sah und mit beiden Armen zu ihm herüberwinkte. Dann drehte sie sich zu dem jungen Mann um, gab ihm einen Kuss und drängelte sich durch die Menge zu Gerrit.

„Hi", sagte sie und sah ihn mit strahlenden Augen an.

„Dein Freund?", fragte Kerkhoff statt einer Begrüßung.

„Nein, viel schlimmer, mein Neffe. Er kommt immer extra zum Esenser Schützenfest aus Bielefeld angereist."

Erleichtert lächelte Kerkhoff sie an. „Schön, dass du da bist."

Sie zogen weiter zum Königszelt, in dem eine bayerische Blaskapelle hirnerweichende Schunkelmusik spielte. Nur einige Schritte entfernt, an japanischen Portraitzeichnern und dem Hau-den-Lukas vorbei, dröhnte lautstarke Rockmusik. Kaum drinnen in diesem Zelt, begann Nina sofort im Takt der Musik mitzuwippen. Beim nächsten Song von BAP drückte sie Gerrit die Strickjacke und Tasche in die Hand und entschwand zur Tanzfläche. Völlig losgelöst tanzte sie zum Rhythmus der Musik. Danach spielte die Band ein Stück von Santana nach. Nina ging auf Gerrit zu, umschlang seinen Hals mit beiden Armen und zog ihn mit sich. Während sie ausgelassen tanzte, kam sich Gerrit mit der Tasche und der Jacke im Arm ziemlich bescheuert vor. Nina schien das nicht zu stören. Er bewunderte ihr Bewegungstalent, während er seine eigenen Tanzkünste eher als hölzern einstufte. Nach zwanzig Minuten war sein Hemd durchgeschwitzt. Es gelang ihm, sie sanft aus dem Zelt zu bugsieren. An der Pommes-Bude bestellte Kerkhoff zwei Bratwürste.

„Willst du mich mästen?“, fragte Nina lachend und biss herzhaft zu.

„Lasst dicke Weiber um mich sein“, konterte Kerkhoff und bekam dafür einen Stoß in die Rippen. Das Bier im *Schwarzwaldstübchen* war kühl und wesentlich besser als im Festzelt.

Als Kerkhoff noch ein Bier für sich und ein Wasser für Nina vom Tresen holen wollte, sah er zwei Tische weiter Willi Wedell heftig diskutierend in einer Gruppe von Fußballern stehen. Gerrit stellte ihm ein Bier vor die Nase und sagte nur: „Prost!“ Schon war er weitergegangen, holte noch ein Bier und stand bald wieder bei Nina am Stehtisch. Willi Wedell, zunächst völlig überrascht, drehte sich zu ihnen um. Er sah mürrisch aus. Trotzdem nahm er das Glas und prostete den beiden zu. Nach einem großen Schluck rief er über die Tische hinweg: „Wie kann eine so schöne junge Frau bei so einem alten Mistbock stehen?“ Sein Augenzwinkern verriet Gerrit Kerkhoff, dass ihr Zwist vorbei war.

„Was ist das für ein ungehobelter Klotz?“, fragte Nina erstaunt, worauf Gerrit nur sagte: „Ein guter Freund!“

Sie verbrachten das ganze Wochenende auf dem Schützenfest, sahen am Sonntag den Umzug der Schützen und Vereine, ebenso wie am Montagmorgen, sahen die Inthronisation des neuen Schützenkönigs und zum Abschluss das große Feuerwerk Dienstagnacht.

Das war nun zwei Jahre her und seitdem sahen sie sich jeden Tag, sofern das ihre Arbeitszeiten zuließen.

*

Nun saß Nina hier neben ihm.

„Soll ich uns einen Rotwein aufmachen?“ Ohne die Antwort abzuwarten, humpelte Gerrit nach nebenan.

„Du kannst dich schon wieder bewegen?“, fragte Nina.

Er kam mit zwei Gläsern und der geöffneten Flasche wieder zurück. „Es wird schon gehen. Zum Glück ging der Nagel nicht ganz durch den Fuß durch und ließ sich so ohne größere Probleme wieder herausziehen. Die Wunde ist jetzt desinfiziert. Ich denke, morgen bin ich wieder fit.“ Gerrit stieß mit ihr an.

23

Königszelt / Am Schützenplatz

Das Festzelt war fast völlig besetzt. Die lokale politische Prominenz gab sich hier ein Stelldichein, schließlich standen demnächst Wahlen an. Ein gegenseitiges Händeschütteln und Schulterklopfen, Küsschen hier, Küsschen da, Artigkeiten aller Art, das gehörte zum Ritual.

„Liebe Schützen und liebe Ehrengäste!", begann der Bürgermeister. „Das diesjährige Schützenfest in unserer kleinen Stadt steht wie immer unter dem besonderen Schutze von Petrus, der die Esenser auch dieses Jahr nicht im Regen stehen lassen wird!" Die Rede erstickte das allgemeine Gemurmel der Anwesenden und wälzte sich über die Lautsprecher in die Gehörgänge. Mit bewussten Pausen und Betonungen hob er die Zusammengehörigkeit der Esenser Bevölkerung hervor. Deutlich unterdrückte er dabei den sonst obligatorischen Seitenhieb auf die benachbarte Kreisstadt, um die Abordnung des dortigen Schützenvereins nicht zu verärgern. Trotzdem war die Lokalrivalität nicht aus den Köpfen zu bekommen. Zu tief saßen die Gegensätze. Viele Esenser Schützen waren sich sicher, dass das Wittmunder Schützenfest einige Wochen später mit Regenwetter geschlagen sein würde. Während sich die Rede durch traditionelle geschichtliche Themen quälte, grüßte der amtierende Schützenkönig, Wolfgang Goldau, diejenigen der geladenen Gäste, zu denen er nicht vor dieser Veranstaltung durchgedrungen war, mit einem leichten Kopfnicken oder einem kurzen Handheben. Besonders Verbundene bedachte er mit einem Augenzwinkern, was der Begrüßung einen Hauch geheimnisvoller Vertrautheit gab.

„... wie die meisten wissen, bin ich nicht nur Fan des TuS Esens, sondern auch immer eng mit der Schützencompagnie verbunden gewesen."

Tosender Beifall beendete die allgemein und unverbindlich gehaltene Rede des Bürgermeisters, der wegen seiner jovialen und volkstümlichen Art allgemein beliebt war.

Nach einigen weiteren Grußworten forderte der hochdekorierte Vorsitzende die Gäste zum Singen der Nationalhymne auf. Das Polizeiorchester Wybelsum setzte zum Vorspiel an und alle Anwesenden standen geräuschvoll auf. Zum Glück war noch nicht viel Alkohol ausgeschenkt worden, sodass allen das reibungslose Absingen der dritten, der richtigen Strophe gelang.

Wolfgang Goldau blickte in die Runde und prostete einem festlich gewandeten Ballteilnehmer zu. Sie hatten schon etliche geschäftliche Projekte erfolgreich zusammen durchgeführt, zu beiderseitigem Nutzen.

„Reich mir doch einmal den Rotwein herüber, Goldie", flötete seine Frau ihm ins Ohr.

„Sauf dir nicht wieder die Hucke voll", zischte er zurück, schenkte ihr jedoch mit einem aufgesetzten Lächeln ein.

„Es ist doch Schützenfest", entgegnete sie mit schwerer Zunge. Sie hatte also schon wieder enorm geladen, obwohl er so aufpasste. Wahrscheinlich hatte ihr der Landtagsabgeordnete Schäfer wieder ordentlich eingeschenkt. Die beiden hatten schon beim letzten Offiziersball gehörig zusammen gebechert und waren auch beim Tanzen fast unzertrennlich gewesen.

Nicht, dass es Goldau gestört hätte, er hielt sich auf seinen Dienstreisen und Repräsentationsbesuchen auch nicht gerade beim Fremdgehen zurück, doch das Getuschel der Leute stieß ihm sauer auf.

„Reiß dich zusammen", sagte er scharf und etwas zu laut, sodass ein paar Umsitzende erstaunt aufsahen. Er lächelte sie sofort wieder an. ‚Euch habe ich doch alle im Sack!' Goldau dachte an die Extrastunden, die seine Firma bei einigen dieser hochgeachteten Herren umsonst gearbeitet hatte, kleine Gefälligkeiten eben. Er führte darüber fein säuberlich Buch.

Seine Gegenüber lächelten mit kleinen Verbeugungen zurück.

Nach dem Absingen der Hymne setzten sich alle und Wolfgang Goldau packte einige der Geschenke aus, die ihm teilweise hochoffiziell überreicht, teilweise einfach auf einem Extratisch abgelegt wurden. Die Formen der Verpackungen ließen auf edle Weine, harte Schnäpse oder feine Pralinen schließen. Ein einfacher, weißer Karton stach hervor. Vorsichtig löste er die Verpackung und hob neugierig den Deckel an. Mit einem Schrei sprang er auf und stieß dabei seinen Stuhl um. Augenblicklich war der Polizist, der zu seinem Schutz abgestellt worden war, zur Stelle.

„Sehen Sie!", schrie der Schützenkönig hysterisch und deutete auf das Paket. „Sehen Sie!"

Der Beamte hob ein Lebkuchenherz mit der Inschrift *Für dich, Goldie!* hoch. Dann stellte er sich wie ein Leibwächter vor Wolfgang Goldau und bedeutete auch dessen Frau, ihm zu folgen. „Wir müssen diese Veranstaltung verlassen", ordnete er an.

Goldau nickte. Sein Gesicht war aschfahl. Besonders grell wirkte es im Blitzlicht des Reporters vom Anzeiger. „Gehen Sie weg!", fuhr er den Fotografen an und stieß ihn beim Verlassen des Zeltes fast um. Zitternd steckte er sich eine Zigarette an.

Im Polizeiwagen nahm der Polizist das Telefon und gab die ersten Informationen durch. Dann fuhren sie Herrn und Frau Goldau nach Hause.

„Wir werden in der Nähe bleiben", sagte der Beamte und kehrte zum Dienstwagen zurück. Goldau fingerte eine weitere Zigarette aus der Schachtel, aus der sich auch seine Frau bediente. Sie steckten die Köpfe dicht zusammen, um die Glimmstängel an der Flamme seines Feuerzeugs gleichzeitig anzuzünden.

Der Bauunternehmer kramte in seiner Tasche nach dem Haustürschlüssel. Seine Frau kam ihm aber zuvor und schloss auf. Dann traten sie in den Windfang. Als sie die Tür zum Flur öffnete, erfasste sie eine gewaltige Explosion.

Esens-Osthörn

Widerwillig nahm Nina den Telefonhörer ab. „Ja?"

Gerrit betrachtete sie. Ihr nackter Körper zeichnete im Schein der Kerze einen verlockenden Schatten an die Wand.

„Wer? Moment, ich gebe weiter!" Missmutig reichte sie ihm den Hörer herüber. Dann stand sie auf und zog den Pullover an. Er reichte knapp an die Oberschenkel ihrer langen Beine.

Gerrit gönnte sich diesen Anblick noch für einige Sekunden, bevor er „Kerkhoff!" in den Hörer rief. „Was? Explosion? Ich komme sofort! Ja, es wird schon irgendwie gehen." Er legte auf.

„Was ist?"

„Ich habe dir doch von Goldau erzählt. Sein Haus steht in Flammen. Ich muss da hin."

„Ach, musst du?

„Ja, ich muss. So gern ich auch hier bei dir bleiben würde, das ist mein Job." Gerrit nahm sie in die Arme. „Es tut mir leid."

Nina sagte nichts. Sie zog sich an.

„Du kannst doch hierbleiben!"

Sie schlüpfte in die Schuhe. „Ich fahr dich hin. Einer deiner Kollegen wird dich dann zurückbringen müssen. Ich fahre weiter zu mir", sagte sie tonlos.

Vorsichtig stieg Kerkhoff in die breiten Jogging-Schuhe. Die Polizeimarke verschwand in der leichten Jeansjacke, die er sich um die Schultern legte. Schweigend fuhren sie durch die Straßen. Schon von Weitem sahen sie die Flammen aus dem Dachstuhl schlagen. Dicke Rauchschwaden umnebelten die angrenzenden Grundstücke.

„Ich ruf dich an", sagte Gerrit. Er küsste sie auf die Wange. „Danke fürs Fahren!" Er öffnete die Tür und stieg aus.

Wortlos fuhr Nina an und verschwand hinter der nächsten Straßenecke.

25

Holtgast

Der Hauptkommissar humpelte auf das Grundstück des Bauunternehmers zu. Ein Feuerwehrmann wollte ihn an der Absperrung zurückhalten. Verärgert zückte Kerkhoff seinen Dienstausweis.

„Sorry, es gibt so viele Katastrophentouristen, da kann man nie wissen."

Der Mann hatte recht. Viele neugierige Gaffer standen in einiger Entfernung und merkten gar nicht, wie sie die Helfer und Ermittler behinderten. Da die Feuerwehr den Brand weitgehend unter Kontrolle zu haben schien, vertrieb Kerkhoff den Gedanken an ein Platzverbot.

„Gibt es Verletzte?"

„Goldau und seine Frau", entgegnete Czerlikowski, der sich von den beiden Kollegen im Dienstwagen wegdrehte und auf Kerkhoff zukam, ohne die gewöhnliche Begrüßung. „Er hat Glück gehabt, nur leichte Verletzungen; seine Frau war vorausgegangen und wurde von den Flammen voll erwischt. Sah übel aus, wie einer der Männer berichtete." Czerlikowski deutete mit dem Kopf in Richtung Dienstfahrzeug, während sich Hauptkommissar Kerkhoff Notizen machte.

„Wo war der Personenschutz?"

„Ich habe das Ehepaar Goldau vom Fest hierher begleitet, mich an der Tür verabschiedet und wieder Posten bezogen." Der junge Polizist in Uniform war von hinten seitlich an sie herangetreten. Der Schrecken stand ihm im Gesicht. Beide Hände waren dick verbunden.

‚Wie wird der sich in den nächsten Tagen wohl den Hintern abwischen?', dachte Kerkhoff, dann aber sagte er: „Was passierte dann?"

„Frau Goldau schloss auf und plötzlich gab es eine gewaltige Stichflamme ..."

„Flashover", erklärte Czerlikowski, der wahrscheinlich wieder alle Informationen von den Feuerwehrleuten eingeholt hatte.

„Beide standen in Flammen. Ich bin da hin. Habe erst mal Herrn Goldau herausgezogen, ihn auf dem Boden gewälzt und die Flammen so gelöscht. Er konnte sich noch selber in Sicherheit bringen. Dann war auch schon der Kollege Müller da und half mit, die Frau zu retten. Sie ist wesentlich übler dran. Es war grauenhaft. Sie schrie und schrie. Dann kamen Nachbarn zu Hilfe. Gemeinsam schafften wir es."

Der Junge hatte Mut bewiesen und sich tatkräftig eingesetzt.

Kerkhoff tadelte sich wegen seiner sarkastischen Gedanken. „Das haben Sie gut gemacht. Wir werden das im Bericht vermerken. Aber jetzt lassen Sie sich noch einmal richtig untersuchen und gehen dann nach Hause."

Vorsichtig klopfte er dem jungen Beamten auf die verrußte und verdreckte Uniform.

Als Kerkhoff sich wegdrehen wollte, sagte der: „Da ist noch etwas. Kommen Sie mal mit." Er ging voraus zum Polizeiwagen. Dort hob er wortlos die verbundenen Hände. Kerkhoff begriff. Er öffnete die Tür. Auf der Rücksitzbank lag ein Pappkarton. Der Polizist berichtete vom Auftauchen des Pakets bei der Schützenveranstaltung.

„Dann können wir auch jetzt schon von Brandstiftung ausgehen“, konstatierte Kerkhoff.

Czerlikowski nickte: „Der Täter wusste, dass sich Goldau zurückziehen und nach Hause gehen würde, wenn er das Lebkuchenherz zu Gesicht bekäme. Ein teuflischer Plan. Und es wird weitergehen. Das Herz zeigt deutlich, hinter wem Hinni Schröder her ist! Also war es doch eine Verwechslung!“

„Sieht so aus. Wobei ich immer noch meine Zweifel habe, ob Schröder tatsächlich der Täter ist; das Täterprofil passt nicht so ganz zu dem, was wir über ihn wissen. Wir sollten uns auf alle Fälle nicht allein auf ihn konzentrieren“, erwiderte Kerkhoff.

„Wer soll es denn sonst sein? Für mich ist das so klar wie Kloßbrühe. Bloß weil dein chaotischer Freund Willi ihn für unschuldig hält?“

„Ich will nur keinen Fehler machen. *In dubio pro reo!*“ Er war sich nun auch nicht mehr ganz so sicher. War Schröder vielleicht doch der Täter? Sie mussten Hinni Schröder finden, koste es, was es wolle. „Was ist mit dem Lebkuchenherz? Habt ihr herausgefunden, wer sie hergestellt hat?“

„Steht im Bericht. Haste den denn nicht gelesen?“ Missmutig blickte Czerlikowski seinen Kollegen an. „Verletzter Fuß hin oder her … Man muss ja nicht mit den Füßen lesen. Gute Informationen sind das Nonplusultra der Ermittlungsarbeit; immer auf Höhe des Geschehens sein. Originalzitat Hauptkommissar Gerrit Kerkhoff im Zeitungsinterview!“

„Schon gut, schon gut. Nun schieß man los!“ Kerkhoff glaubte, Neid aus Czerlikowskis Bemerkungen herausgehört zu haben. Sicher stand Kerkhoff als leitender Beamter mehr im Blick der Öffentlichkeit, doch viel verdankten sie der guten Polizeiarbeit der Kollegen und insbesondere des gewissenhaften Czerlikowski. In den Pressekonferenzen und -mitteilungen versuchte er dies auch immer zu betonen, aber anscheinend reichte das Czerlikowski nicht. Nun ja, das würde ihn hoffentlich noch weiter anspornen und nicht resignieren lassen. Tatsächlich bewunderte Kerkhoff die Akribie, mit der sich Czerlikowski über Berichte hermachen konnte. Der kannte immer alle Details. ‚Er ist schon ein guter Bulle', dachte der Hauptkommissar.

„Die Bäckerei Heinrichs aus Kleindunum backt Lebkuchenherzen auch auf Bestellung", erklärte Czerlikowski. „Im Dutzend billiger. Diese Herzen müssen schon im Vorjahr bestellt worden sein. Im Bestellblock fand sich nur der Name Allmers. Keine Rechnung. Ist wohl abgeholt und bar bezahlt worden."

„Wie groß war denn die Auflage – oder wie sagt man beim Bäcker?", fragte Gerrit Kerkhoff.

„Es ist wahrscheinlich nur eine kleine Anzahl hergestellt worden, so zwei, drei oder vier Stück!"

„Mist aber auch. Zwei Mordanschläge haben wir schon; zwei Herzen sind weg. Wenn wir nur wüssten, wie viele Herzen bestellt wurden … Schick noch einmal einen der Jungs hin; vielleicht lohnt es sich ja. Der soll so ein Exemplar mitnehmen."

Mittlerweile war das ganze Szenario von Dunkelheit umgeben, nur die Reste des abgebrannten Hauses waren hell erleuchtet. Kerkhoff grüßte die Brandursachenermittler und wechselte einige Worte mit ihnen. Er machte ihnen deutlich, dass er so schnell wie möglich den Bericht brauchte, notfalls auch einen Vorabbericht.

„Wir müssen die Fahndung nach Schröder ausweiten", sagte er zu Czerlikowski. „Volles Programm.

Wenn er doch der Täter ist, darf er nicht noch einmal zuschlagen. Gleichzeitig wird Verstärkung zur Sicherung des Schützenfestes angefordert. Auch Scharfschützen müssen bei den Aufmärschen der Schützencompagnie postiert werden. Eigentlich bin ich immer noch der Meinung, wir sollten das Schützenfest absagen lassen. Wir können weder den Schützenkönig, wenn er denn wieder fit ist, noch die Besucher ausreichend schützen!"

„Grundsätzlich hast du recht, aber ich sag es dir noch einmal: Nicht in dieser Stadt. Vielleicht sollten wir alle Schlaumeier zusammenholen und hier in Esens einen großen runden Tisch einberufen: Unsere Chefs, Bürgermeister, Stadtdirektor, Schützenhauptmann, eben alle", entgegnete Czerlikowski.

Sie traten einen Schritt zur Seite, um einem Feuerwehrwagen auszuweichen, der rangiert werden musste.

„Hat die Befragung der Anwohner etwas ergeben?", wollte Kerkhoff wissen.

„Wenig Konkretes. Die meisten waren wohl unterwegs, als das hier passierte. Nur ein Professor konnte angetroffen werden. Er sagte, er sei kurz vor dem Brand mit seinem Hund spazieren gegangen. Es wäre ihm nichts aufgefallen, niemand sei ihm begegnet und bis auf einen schwarzen Mercedes in einer Parallelstraße wäre nichts los gewesen." Czerlikowski klappte das Notizbuch zu.

„Also nichts Verwertbares. Könnte ja auch alles so schön sein."

Kerkhoff ließ sich von Czerlikowski mitnehmen. Sie fuhren schweigend zurück. Beide hingen ihren Gedanken nach.

„Halt bitte an", sagte Gerrit plötzlich. Er stieg aus und humpelte zum Kiosk hinüber.

Nach einigen Minuten kam er mit einem Sixpack Bier zurück.

26

Esens-Osthörn

Zu Hause schaltete Kerkhoff den Fernseher an, zappte durch die Sender und ging dann zum Kühlschrank. Die Steaks hatte er eigentlich für sich und Nina braten wollen. Er legte das Fleisch zurück und schmierte sich zwei Brote.

Beim Durchblättern der Anzeigenzeitung hörte er den Anrufbeantworter ab. Ninas Stimme fehlte. Dafür gab es eine andere weibliche Stimme: *„Hallo. Lieber Herr Kerkhoff, hier ist Lena Schuster vom Hundehof. Harras bräuchte dringend einmal wieder richtige Bewegung. Wir schaffen es im Moment nicht, mit ihm ausreichend spazieren zu gehen, weil wir zu viele neue Fundhunde haben. Urlaubszeit, Sie wissen ja! Also, wenn Sie Zeit haben – Harras würde sich freuen!"*

‚Wann habe ich schon Zeit?', dachte Gerrit Kerkhoff. Aber Harras musste er wiedersehen. Der Hund war ihm ans Herz gewachsen. Der Retriever war vor einiger Zeit ins Tierheim gekommen, nachdem er sein eigenes Herrchen erlegt hatte. Ein dicker Ast war beim Apportieren in die Fahrradspeichen seines Besitzers geraten, genau an der Stelle, wo dieser ein Jahr zuvor ein Mädchen vergewaltigt und ermordet hatte. Beim Sturz hatte der Mann sich das Genick gebrochen. Was zunächst wie ein Racheakt aussah, entpuppte sich als Unfall, den Hauptkommissar Kerkhoff durchaus als gerechte Strafe ansah. Trotzdem kam Harras, den sein Besitzer gut ausgebildet hatte, in den Knast, wie Kerkhoff es empfand. Auf dem Hundehof von Lena Schuster wurde er zwar gut versorgt, aber ansonsten war sein Hundeleben reichlich trist. Ihm fehlten offensichtlich die ausgiebigen Radtouren.

Hin und wieder holte Kerkhoff den Retriever ab und drehte eine große Runde mit dem Fahrrad oder lief die schönen Wege im Wald mit ihm ab. Auch Nina hatte ihren Spaß mit diesem Temperamentsbolzen. Sie hatte ihm sogar vorgeschlagen, er solle den Hund aufnehmen. Aber so weit war Gerrit noch nicht. Er wehrte ab, er hätte keine Zeit. Nina meinte zwar, es wäre eine Frage der Organisation; doch selbst mit Nina ausreichend zusammen zu sein, klappte manchmal nicht, wenn der Beruf ihn in Anspruch nahm, wie es sich heute eben wieder gezeigt hatte.

Kerkhoff trank noch sein Bier aus und ging zu Bett. Er wollte früh raus. Den Auslauf mit dem Hund könnte er gleich mit einer Trainingseinheit Radfahren kombinieren, am besten vor dem Dienst.

27

Radrundweg Esens / Schwarzer Weg

Kurz nach sechs Uhr klopfte Gerrit Kerkhoff an die dunkelgrüne Tür des alten ostfriesischen Landarbeiterhauses.

„Moin, haben Sie meine Nachricht erhalten?" Lena Schuster kam vom Stallteil auf den Hauptkommissar zu. Die glatten, blonden Haare wippten als Pferdeschwanz zusammengebunden hin und her.

Gerrit lächelte. „Ja. Ich dachte, ich muss doch dringend meinen alten Kumpel hier besuchen und es geht nur so früh. Wir haben eine Menge Arbeit!" Er mochte diese freundliche, junge, hübsche Frau, die sich aufopfernd um die ihr anvertrauten Tiere kümmerte.

„Was ist mit Ihrem Fuß?" Sie deutete auf sein Humpeln.

„Arbeitsunfall! Aber es geht schon wieder halbwegs."

„Arbeitsunfall? Sie haben sich doch wohl nicht selbst angeschossen?", neckte sie ihn. Aus der Hundebox klang ihnen ein freudiges Winseln entgegen. Vorsichtig stieg Gerrit Kerkhoff auf das Hollandfahrrad mit dem breit ausladenden Lenker. Nina hatte es vor einigen Wochen bei ihm deponiert, damit sie zusammen Radtouren unternehmen konnten. Sein eigenes Rennrad wäre zum Hundeausführen nur schlecht geeignet.

Kerkhoff saß kaum auf dem Rad, als der Hund sich mächtig ins Zeug legte. Dieses Spielchen wiederholte sich jedes Mal zu Beginn ihrer Spazierfahrt: Der Retriever zog dermaßen ab, dass die Halskette ihm fast die Luft abschnürte. Diesmal hatte der Hund den Hauptkommissar aber auf dem falschen Fuß erwischt. Gerrit Kerkhoff musste sich abstützen, um nicht zu stürzen; dabei fiel ihm das Handy aus der Tasche. Die Akku-Klappe sprang ab. Der Hauptkommissar setzte das Mobiltelefon wieder zusammen und schaltete es ein. Kein Zeichen. Kaputt! ‚Mist', dachte Kerkhoff. Ärgerlich steckte er es wieder in die Hemdtasche.

„Nun mal nicht so feste", rief er dem Hund zu, doch nach einigen Minuten legte das Tier wieder los. Kerkhoff ließ sich gegen seine Gewohnheit diesmal gerne ziehen, da der verletzte Fuß ihm immer noch etwas zu schaffen machte. Das Fahrradfahren fiel ihm deutlich leichter als das Gehen. Nach zweihundert Metern rasanter Fahrt wurde der Hund ruhiger. Er lief nun direkt neben dem Fahrrad her. Die Leine hing durch.

Nur wenige Menschen fuhren um diese Zeit durch die Stadt. Kerkhoff bog vom Ostfrieslandwanderweg links ab auf die Bahnhofsstraße und fuhr von dort an den Gleisen der Nordwestbahn entlang. Auf dem Radweg um die Stadt ließ er den Hund frei laufen. Der markierte jeden Pfahl und jeden Grashalm. Am Löschteich genügte ein lautes „Nein!", um den Retriever vom Sprung ins Wasser abzuhalten. Zehn Meter weiter beschleunigte der Hund jedoch, weil sein scharfer Spürsinn einen Hasen ausgemacht hatte.

„Harras! Aus!" Der Hund brach die Jagd sofort ab und kam mit wedelndem Schwanz zurück. Das Leckerli schmeckte Harras besonders gut, da die morgendliche Futterration ausgefallen war. Das Laufen hätte ansonsten eventuell Probleme bereiten können; so viel wusste Kerkhoff mittlerweile. Er hatte sich eine ganze Reihe von Hundebüchern angeschafft und durchgearbeitet. Zu seiner Verwunderung hatte er daraus auch erfahren, dass diese Hunderasse Schwimmhäute zwischen den Zehen hatte. Er hatte es zunächst gar nicht glauben wollen und den Labrador deswegen sofort untersucht.

Ohne es richtig wahrzunehmen, kamen sie an den Stadtrand. Auf dem Radweg nach Neuharlingersiel leinte Kerkhoff den Hund wieder an.

„Harras, rechts!“ Harras nannte er das Tier nur, wenn es gehorchen sollte. Der Name hätte besser zu einem scharfen Schäferhund gepasst als zu diesem freundlichen Retriever. Der Vorbesitzer mit seinem nationalen Bewusstsein hatte sicher seine eigenen Assoziationen bei diesem Namen gehabt, da war sich der Hauptkommissar sicher. Gerrit nannte ihn selber immer öfter „Harry“ und der Hund hörte sogar darauf.

Kerkhoff stoppte. Zwei Pkw passierten, ehe er die Landstraße kreuzte und in den Schwarzen Weg einbog. Harry lief vor, schnüffelte, blieb zurück. Der Hauptkommissar blickte in südöstliche Richtung. Am Industrie- und Gewerbegebiet schloss sich die Straße mit den vereinzelten Neubauten an.

Dort war Reiner Muul ermordet worden. Und sie hatten noch immer nichts in der Hand. Die Fahndung nach dem Hauptverdächtigen lief auf Hochtouren. Einmal war Schröder ihnen bei seiner Schwester schon entwischt, ein zweites Mal mussten sie besser aufpassen. So recht wollte Kerkhoff aber immer noch nicht an dessen Schuld glauben. Das passte irgendwie nicht zusammen. Auf der anderen Seite gab es erdrückende Indizien; außerdem war Hinni abgehauen, auch fast ein Schuldeingeständnis. Gefühle zählten da nicht, nur Fakten. Und die sprachen wohl eindeutig gegen Hinrich Schröder.

Was war, wenn der Täter, ob nun der Maurer oder ein anderer, auf dem Schützenplatz zuschlug, womöglich in einer großen Menschenmenge? Nicht auszudenken. Kerkhoff spürte im Magen, wie der Druck zunahm.

Sein Blick ging weiter über die letzten Häuser bis zum kleinen Dorf Thunum. Der Ort lag geschützt, von hohen Bäumen umgeben, deren Kronen eine große Windkraftanlage um Längen überragte. Dort war er am Tag des Mordes mit dem Rennrad vorbeigefahren, gar nicht weit vom Tatort entfernt. Und dort hätte ihn doch dieser blöde, rasende Mercedesfahrer fast überfahren. Leider hatte er vor Schreck das Nummernschild nicht mehr erkennen können, nur das Gesicht des Fahrers hatte er in Erinnerung.

Gerrit Kerkhoff blickte die Hauptstraße entlang, der er damals mit dem Rennrad weiter gefolgt war. Sie war von zahlreichen Bäumen umsäumt, überquerte einen Entwässerungskanal und stieß im rechten Winkel auf die Straße von Esens nach Neuharlingersiel.

Das Bellen des Hundes riss ihn aus seinen Gedanken. „Harry!" Kerkhoff rief den Hund, der dreißig Meter entfernt an einem Busch sein Geschäft erledigte.

Etliche, die Schröder gut kannten, hatten abgestritten, dass der zu einem Mord fähig wäre. Hauptkommissar Kerkhoff war gedanklich wieder in seinem Beruf gefangen. Er ging alle Einzelheiten noch einmal durch. *Für dich, Goldie!* Was sollte dieser Hinweis des Täters? Spielte der mit der Polizei sein eigenes Spiel? Und dieser Brandanschlag … Kerkhoff war sich sicher, dass es sich hierbei um eine gut geplante Tat handelte.

„Harry, alter Eber! Nachher stinkst du wieder wie ein Iltis." Der Labrador wälzte sich auf dem Boden, schön weit genug von Kerkhoff entfernt. Er wusste genau, dass der ihn auf diese Entfernung nicht daran hindern konnte.

‚Muss das schön sein!', dachte Kerkhoff. ‚Dass der sich immer in toten Tieren oder in Fuchsexkrementen wälzen muss …' „Dann kommst du eben an die Leine!", entschied er.

Schwarzer Weg

Er sah ihn schon von Weitem. Von der Statur glich die Person dem Polizisten, der ihn beim Haus seiner Schwester hatte verfolgen wollen. Vom geräumigen Hochsitz aus überblickte Hinni Schröder den ganzen Schwarzen Weg, der nach einer weitläufigen Biegung wieder zur Neuharlingersieler Hauptstraße führte. Nur wenige Menschen nutzten diesen Landwirtschaftsweg. Klar, einige ansässige Landwirte tuckerten dann und wann schon vorbei. Gestern Mittag waren zwei Touristen vorübergeradelt und am späten Abend hatten sich zwei junge Leute im Auto vergnügt.

Das Liebespaar war aber schon nach einer Dreiviertelstunde wieder verschwunden. Zuerst waren sie über die mitgebrachten Fritten und Hamburger hergefallen und anschließend übereinander. Aus sicherer Entfernung hatte er dem Treiben zugeschaut. Die Kleine hatte mächtig was in der Bluse, hatte er festgestellt, insbesondere, als sie diese ausgezogen hatte. Letztlich hatten sie das Auto wieder gestartet, wobei die junge Frau die Essensreste, Zigarettenschachteln und andere unappetitliche Sachen aus dem Autofenster geworfen hatte.

Schröder hatte nur den Kopf geschüttelt über diese Umweltverschmutzung. Erst als sie abfuhren, hatte er es gewagt, mit Campinggeschirr und dem einflammigen Gasbrenner eine Suppe und Teewasser heißzumachen. Mit dem Schweizermesser schnitt er einen Knust Brot und ein Stück Salami ab.

Eigentlich wähnte er sich hier sicher. Weder die Bauern noch andere Menschen würden in dieses kleine Biotop eindringen und schon gar nicht bis hierher zum Ansitz.

Diese Wildwiese, die die Jäger zum Schutz für das Wild aufgeforstet hatten, maß ein bis zwei Hektar. In einiger Entfernung lag ein kleiner, sauberer See. Er war entstanden, als der gute Kleiboden für Deichverstärkungen gebraucht und großflächig abgebaut worden war. Viele Wasservögel brüteten hier und nutzten dieses Kleinod als Rastplatz. Spät abends konnte er es wagen, hier zu baden. Das Wasser war warm und klar. Anschließend saß er hier bis zum Sonnenuntergang. Wenn nur diese Mücken nicht wären …

Und nun kam ausgerechnet dieser Hauptkommissar hier vorbei. Ob er sich Sorgen machen musste? Eigentlich konnte kein Mensch wissen, dass er sich hier versteckt hielt, nicht einmal seiner Schwester hatte er das erzählt. Das musste Zufall sein. Leise öffnete Hinrich Schröder die Tür und ließ einen dicken Knüppel neben der Holzleiter ins Gras fallen. Dann zog er die Tür vorsichtig wieder zu, wobei er ein leichtes Quietschen der Scharniere nicht ganz vermeiden konnte. Er fluchte leise und blickte in Richtung des Störenfrieds. Er war mit seinem Hund mittlerweile bis an die angepflanzten Büsche und Bäume gekommen, genau dort, wo gestern das Liebespaar geparkt hatte.

Ob der Köter das Quietschen gehört hatte?

Er sah, wie der Hund kurz stehen blieb, in Richtung Jägerhochsitz blickte und für den Hundeführer völlig unvermittelt mitsamt Leine lospreschte. Der Hund würde ihn verraten. Er musste etwas tun. Blitzschnell kletterte er an der Rückseite die Leiter hinunter und griff den Knüppel.

Der Hund war herangekommen und bellte ihn aus sicherer Entfernung an. Instinktiv hatte Hinni im Ansitz noch ein Stück Wurst abgeschnitten. Damit lockte er den Hund nun an. Vom Schwarzen Weg aus hörte er den Polizisten den Hund rufen. Er kam näher. Der Retriever bellte weiter, wedelte aber gleichzeitig mit dem Schwanz. Richtig aggressiv war der also nicht. Hinni riss die Wurst in zwei Hälften und warf eine dem Hund hin. Die zweite Hälfte warf er so nah, dass er die Hundeleine fassen konnte.

*

„Harry, wo bist du denn?" Kerkhoff humpelte gebeugt durch die Büsche. Einen Arm hielt er dabei immer schützend vors Gesicht, um nicht die Äste ins Auge zu bekommen.

„Harry, hier!" Nun brüllte er verärgert, weil er sich nur mühsam auf dem unebenen Boden fortbewegen konnte. Außerdem verrann die Zeit. Der Dienstbeginn rückte näher. „Harry! Verdammt noch mal!"

Dann sah er den Hund, der sich anscheinend mit der Leine verheddert hatte. Er beugte sich vor, um die Leine zu lösen. Bevor er sich über den Knoten wundern konnte, setzte ein gezielter Schlag Gerrit Kerkhoff außer Gefecht.

29

Schwarzer Weg

Er musste eine ganze Weile im Gras gelegen haben. Der Hund leckte ihm durchs Gesicht. Kerkhoffs Schädel brummte entsetzlich. Mechanisch zog er die Beine an und rollte zur Seite. Er kam wieder zu sich und setzte sich aufrecht hin. Mit der rechten Hand befühlte er den Hinterkopf und ertastete eine dicke Beule. Jemand hatte ihn k.o. geschlagen. Aber wer und warum? Er blickte sich um. Er saß im Schatten des Ansitzes und blinzelte an dem Holzkasten empor. Langsam nahm er sein Handy aus der Brusttasche und versuchte zu wählen. Nichts passierte. Gerade jetzt funktionierte das Teil nicht. So ein Mist.

„Das ist deine Schuld, Harry, ganz allein deine! Wenn du gehört hättest, dann wäre das nicht passiert."

Der Hund sah ihn mit treuen Augen und schief gelegtem Kopf an, als versuchte er zu verstehen, was dieser Zweibeiner ihm wohl zu sagen hätte. Unablässig wedelte der Schwanz. Mühsam richtete sich Kerkhoff auf, während der Hund um ihn herumsprang.

„Du bist mir so ein Wachhund!" Alles tat ihm weh. Dann vertrat er sich an einer Baumwurzel auch noch den ohnehin verletzten Fuß und fiel erneut um. Vor Schmerzen hatte er Tränen in den Augen.

Er hörte plötzlich leise Radiomusik. Blasmusik auf NDR 1 wahrscheinlich. Diese grässliche Volksmusik, bah. Aber woher kam sie? Schnell stand er auf und erklomm die ersten Sprossen der Holzleiter. In einiger Entfernung fuhr ein Fahrradfahrer.

„Hilfe! Halten Sie an!“ Kerkhoff ruderte mit beiden Armen und wäre fast von der Leiter gefallen. Der Radfahrer merkte nichts oder wollte nichts merken. Kerkhoff schrie lauter.

Der Kerl reagierte nicht.

Mit zusammengebissenen Zähnen eilte Kerkhoff mit dem Hund an der Leine zum Wirtschaftsweg zurück. Mehr humpelnd als gehend erreichte er fast zeitgleich mit dem alten Radfahrer die Stelle, an der offenbar ein Liebespaar seinen Unrat liegen lassen hatte.

„Hey, junger Mann, was ist denn mit Ihnen los?“ Die Stimme war etwas zu laut, und zwei lebhafte Äuglein sahen unter einem Strohhut hervor Kerkhoff an. „Sie sind ja völlig verdreckt, hatten Sie einen Unfall?“

„Sie müssen mir helfen, ich bin von der Polizei!“, antwortete Gerrit Kerkhoff.

„Wie bitte? Ich verstehe Sie nicht, Moment!“ Der Alte stellte das Radio aus. „Sie müssen wissen, ich höre etwas schlecht; das kommt so mit dem Alter. Meine Hermine, die sagte ja immer zu mir, Hannes, sagte sie, Hannes, du musst dir endlich ein Hörrohr kaufen, man kann sich ja gar nicht mehr vernünftig mit dir unterhalten, nich, sagte sie, meine Hermine. Ja und dann habe ich mir so ein, ja so ein Gerät …“

„… hören Sie, guter Mann“, versuchte Kerkhoff den Alten zu unterbrechen, aber der hörte nicht, weil er nicht konnte.

„… und was meinen Sie, was das kostet. Und das muss ja auch alles bezahlt werden, nich, wo die Krankenkasse doch alles beschneiden tut …“

‚Ich beschneide dich auch gleich‘, dachte Kerkhoff verärgert, aber der Alte war nicht zu bremsen.

„Ich bin überfallen worden und brauche kein Hörrohr, ich brauche ein Telefon", brüllte Kerkhoff den Alten an, „ein Handy, egal was!"

„Aber warum schreien Sie denn so?", fragte der alte Hannes verwundert, der mittlerweile wohl sein Hörgerät wieder lauter geschaltet hatte.

„Ich muss mir mal Ihr Fahrrad ausleihen, um meine Kollegen zu informieren. Ich bin von der Polizei!"

„Mein Fahrrad ausleihen? Von der Polizei sind Sie und werden hier mitten im Hammrich überfallen? Da stimmt doch was nicht." Der Alte sah den Hauptkommissar misstrauisch an.

Kerkhoff fummelte nach seiner Polizeimarke - weg, die musste er verloren haben. Er überlegte. Würde er an Stelle des Alten so eine Geschichte glauben? Eher nicht.

„Hatten Sie denn kein eigenes Rad, als Sie herkamen? So, wie Sie humpeln, können Sie doch nicht so weit gelaufen sein", argwöhnte der Alte.

„Lange Geschichte", erwiderte Kerkhoff wütend. „Hier, halten Sie den Hund, ich fahr schnell zum nächsten Bauernhof und alarmiere meine Kollegen!" Er drückte dem Alten die Leine in die Hand, nahm dessen Fahrrad und wollte soeben in die Pedale steigen, als der alte Hannes rief: „Halt!"

„Was denn noch? Ich darf keine Zeit verlieren!"

„Moment, wenn Sie mit der Polizei telefonieren müssen, dann können Sie auch mein Handy benutzen", sprach's und fischte ein klobiges Mobiltelefon aus der Innentasche seiner Jacke. „Aber nur der Notruf funktioniert. Die haben wir beim Seniorentreff gestiftet bekommen, diese alten Dinger. Die braucht keiner mehr."

Völlig fassungslos stieg Kerkhoff vom Rad und telefonierte mit der Notrufzentrale.

Während sie im Gras sitzend auf die Kollegen warteten, erzählte der alte Hannes vom Seniorentreff. Kerkhoff versprach, demnächst einmal vorbeizukommen. Er fingerte nach einem Stift, um Hannes' Telefonnummer aufzuschreiben.

Plötzlich erschrak er. Seine Dienstwaffe war weg.

30

Marz / Hartward

Völlig überstürzt war Hinrich Schröder aus dem Hammrich losgefahren. Sein eigenes Fahrrad hatte er mit dem des Hauptkommissars tauschen und zurücklassen müssen, weil der Vorderreifen einen Platten hatte. Die hastig zusammengesuchten Habseligkeiten waren im Rucksack und in der Fahrradtasche verstaut. Bevor er den bewusstlosen Polizisten verlassen hatte, hatte er ihn vorsichtshalber in die stabile Seitenlage gedreht. Als er die Dienstwaffe gesehen hatte, die sich unter dem Hemd abbildete, hatte er nicht lange überlegt und sie an sich genommen.

Er hatte sich vergewissert, dass er den Hund angebunden zurückließ, und war eilig den kürzeren Bogen zur Landstraße gefahren, um möglichst niemandem zu begegnen.

Unterstützt durch leichten Rückenwind radelte er nach der Kurve in Margens in Richtung Neuharlingersiel. Viele Autofahrer waren bereits unterwegs zur Arbeit. Um nicht sofort erkannt zu werden, zog Hinni die Schirmmütze tief ins Gesicht.

Leicht verschwitzt bog er einige Kilometer weiter nach links zum kleinen Örtchen Marz ab. Er musste von der belebten Straße weg, denn er wusste nicht, wann der Hauptkommissar wieder zu sich kommen würde. Dann hätte er bald die gesamte Polizeistaffel der ganzen Gegend auf dem Hals. Er musste also verschwinden.

Am zweiten Bauernhof nickte ihm der alte Bauer zu und hob grüßend die Hand. „Moin!"

‚So ist das hier eben in Ostfriesland', dachte Hinni. Er beschleunigte sein Tempo. Er musste sich wieder verstecken. Aber wo? Noch einmal würde er dem Polizeihubschrauber nicht entkommen, das wusste er. Am Horizont sah er die gerade Deichlinie. Sein Blick blieb an den drei Windenergieanlagen hängen.

Als er kurz vor der Kreuzung nach Ostbense ankam, stockte ihm der Atem. Ein blau-weißer Passat der Polizei fuhr vorbei und hielt zehn Meter nach der Kurve an. Hinni stoppte. Waren die Polizisten schon alarmiert? Er stieg vom Rad und nahm die Trinkflasche in die Hand. Während er trank, beobachtete er aus den Augenwinkeln, wie ein Polizist ausstieg und auf einen Zigarettenautomaten zuging. Nachdem er eine Schachtel gezogen hatte, schaltete sein Kollege urplötzlich das Blaulicht ein.

Der Polizist rannte zurück und sprang durch die aufgestoßene Autotür in den Wagen. Bevor er sie schließen konnte, fuhr der Kollege mit quietschenden Reifen an und drehte ab in Richtung Stadt.

Hinrich wusste, was das bedeutete.

31

Osthörn

„Hallo, Frau Schuster, ich bin's, Kerkhoff." Mit der einen Hand hielt er das Mobiltelefon, mit der anderen den Eisblock an den Kopf.

„Ach, schwer verletzt, aber mit deiner Freundin telefonieren", schäkerte Nina. Gerrit winkte ab und redete weiter. Er erzählte Lena Schuster vom Hundehof, was passiert war.

„Der Hund ist hier. Ich muss zuerst zum Arzt und bin gegen Mittag auf der Polizeiwache. Nein, dann bringe ich ihn noch nicht zurück. Der Alte versteht sich prächtig mit dem Hund. Er hat mir angeboten, heute auf ihn aufzupassen. Harry hat dort sicherlich mehr Abwechslung als auf dem Hof. Wir bringen ihn gleich dorthin und gegen Abend zurück zur Pension, okay?"

Er legte auf. Nina reichte ihm ein Glas mit sprudelndem Wasser. „Gegen die Kopfschmerzen!"

„Und du hast heute sofort frei bekommen?", fragte Gerrit. „So einfach, von nun auf gleich?"

„Ja, klar, wenn mein Geliebter mich braucht!" Sie lachte ihn an. Verschwunden war ihre schlechte Laune vom Vortag, als er wegen des Brandanschlags zu Goldaus Haus gerufen worden war. Vorsichtig umarmte sie ihn. Er hielt die Augen geschlossen und genoss die Stimmung.

„Wollen wir griechisch essen gehen?" Nina tastete sich mit der rechten Hand vorsichtig vor.

Ich kann dir noch nicht sagen, was nachher noch los ist. Im Moment stehen wir derart unter Druck. Irgendjemand will Goldau ans Leder und dieser Jemand hat mich wahrscheinlich heute früh so zugerichtet. Und den werde ich mir noch vorknöpfen. Den Niederschlag hat dieser Kerl noch gut, den bekommt er zurück, wenn wir ihn erwischen. Darauf kannste wetten!" Grimmig warf der Hauptkommissar den *Anzeiger für Harlingerland* in die Ecke. Auf der Titelseite ging es immer noch um den Mord an Muul. „Wenn das vorbei ist, nehme ich mir einige Tage frei; das wird sicherlich drin sein bei den vielen Überstunden, die wir jetzt abreißen. Vielleicht können wir für ein verlängertes Wochenende nach Holland fahren."

Polizeiwache Esens

„Wie geht's dir?" Czerlikowski blickte Gerrit an.

„Unkraut vergeht nicht." Kerkhoff schloss die Bürotür.

„Das ist Professor Habbena", stellte Czerlikowski den rundlichen Mann vor, der ihm am Schreibtisch gegenübersaß.

„Ja, genau", sagte Habbena, stand auf und gab Kerkhoff die Hand.

„Kerkhoff, angenehm!" Er zog den Stuhl an die Schreibtischseite. Habbena setzte sich wieder.

„Herr Professor Habbena kam vorhin herein. Er hat eine Beobachtung in der Sache mit dem Brandanschlag auf Goldau gemacht", erklärte Czerklikowski.

„Ja, genau." Habbena nickte.

„Er war an dem fraglichen Abend mit seinem Schäferhund unterwegs ..."

„Ja, genau!", unterbrach Habbena.

‚Woher wusste ich, dass er das sagen würde?', dachte Gerrit Kerkhoff amüsiert. „Aha, dann erzählen Sie doch einmal, Herr Professor Habbena." Er wollte es direkt vom Professor hören, nicht als aufgewärmte Polizeiversion, schließlich war der Zeuge anwesend.

„Ja, genau", erwiderte Habbena zum vierten Male. „Also, ich war kurz vor dem Ausbruch des Feuers mit meinem Schäferhund unterwegs. Mein Fritz – ich nenne ihn immer den ‚alten Fritz', weil er schon zehn Jahre auf dem Buckel hat und wegen des Wortspiels, verstehen Sie?"

‚Ich bin ja nicht blöd', dachte Kerkhoff, ‚auch wenn ich keine C4-Stelle habe', sagte aber dann doch nichts.

„Ja, genau! Ich ging mit dem alten Fritz Gassi. Wir drehten unsere übliche Runde durch die Siedlung. Das machen wir abends immer – immer um die gleiche Zeit."

‚Heißt es jetzt gleiche Zeit oder selbe Zeit?', überlegte Kerkhoff, während Czerlikowski ihm stumm zunickte. Er verstand: Da musste noch etwas Interessantes kommen.

„Zuerst marschierten wir durch die Weiden, damit der Hund etwas laufen konnte. Wenn er dann sein Geschäft gemacht hat, kommt der alte Fritz an die Leine oder er muss eben dicht bei mir bleiben, wenn wir in die Siedlung zurückkommen."

Eine Fress- und Kackmaschine, dieser ‚alte Fritz'! So hatte Kerkhoffs Nachbar den Labrador charakterisiert, als Harras ausgerechnet an dessen Zaun machte. Kerkhoff hatte einfach nicht aufgepasst, weil er ganz in Gedanken über einen Fall gewesen war, der ihn damals stark beschäftigt hatte.

„Ich habe einfach nicht aufgepasst", erzählte Habbena weiter, als hätte Kerkhoff ihm souffliert. „Ich beschäftige mich zurzeit mit der Interiorisationstheorie der sowjetisch-kulturhistorischen Schule um Leontjew, Lurija, Galperin und so weiter, wenn Sie verstehen, was ich meine ..."

„Aha, ja ...", sagte der Hauptkommissar, obwohl er nicht verstand, wovon der Professor redete. Schließlich hatte er kein Professorengehalt dafür zu bekommen. Das war egal, ob er seine Gedanken an Sowjets, Downloaden von Pornos oder verschreibungspflichtige Einreibemittel verschwendete. „Und weiter?"

„Ja, genau. Es ist mir schon etwas peinlich. Wir gingen also durch die Straßen, als der alte Fritz sein Bein hob. Direkt an die Felgen eines schwarzen Kombis. Ich habe so getan, als hätte ich es nicht bemerkt. Der Fahrer des Wagens hat aber nichts gesagt. Es schien mir so, als hätte er sich geduckt. Ja, genau: Ich hatte den Eindruck, der wollte nicht gesehen werden. Der Wagen ist mir hier in der Siedlung auch noch nicht aufgefallen. Früher hat der nie da gestanden."

„Können Sie sich an den Fahrer erinnern?", fragte Czerlikowski dazwischen. „Blond, schwarz, braun, groß, dick, dünn, klein ..."

„Es war schlecht zu sehen. Aber es war bestimmt ein Mann. Ein riesiger Kerl. Der stieß mit dem Kopf an den Himmel, an den Autohimmel!"

„Wann ist das genau gewesen?" Kerkhoff zeigte auf seine Armbanduhr. „Um welche Uhrzeit?"

„Am Abend, ja genau, am Abend so gegen acht, also gegen 20 Uhr. So ungefähr", sagte der Professor.

„Ist Ihnen denn sonst noch etwas aufgefallen?"

„Ja, genau. Zunächst nicht. Ich war froh, dass der Mann nicht geschimpft hat. Einige sind doch sehr aggressiv, wenn es um ihre Autos geht. Später ist er dann ausgestiegen. Ein Zwei-Meter-Mann, bestimmt zwei Zentner."

‚Na ja', dachte Kerkhoff, ‚bei der Größe ... das geht ja noch vom Gewicht her ...' Er sah an sich herunter. ‚Joggen, Fahrradfahren, nächsten Montag geht's los!' „Er saß also nicht nur im Auto, sondern ist auch noch ausgestiegen? Sie sagten doch, der wollte allem Anschein nach nicht gesehen werden. Hat er etwas zu Ihnen gesagt?"

„Ja, genau ..."

Da war es wieder. Kerkhoff war genervt.

„... er stieg aus und trug etwas in der Hand. Nein, gesagt hat er nichts, er hat mich wahrscheinlich auch gar nicht mehr gesehen. Es schien so, als wenn er gewartet hätte, dass ich hinter der nächsten Kurve verschwunden war."

„Wenn Sie verschwunden waren, wie konnten Sie dann sehen, ob er ausstieg oder nicht?", hakte Kerkhoff nach.

„Das kam so ...", setzte der Professor an.

‚Aha', dachte Gerrit Kerkhoff, ‚diesmal kein „Ja, genau!"'

Er freute sich noch über seine Fragevariante, als Habbena sagte: „Ja, genau ... So war's. Der Hund hatte einen Stock apportiert. Manchmal legt er ihn ab und zerrt wie wild an den herumliegenden Grasbüscheln, gerade so, als wolle er ein Beutetier zerrupfen. Dabei fällt ihm oft die Halskette mit der Hundemarke ab. Als ich nun den Hund anleinen wollte, bemerkte ich, dass die Kette fehlte. Ich schickte den Hund los, sie zu suchen. Der alte Fritz ist darin ganz geschickt, wissen Sie. Er hat sie sogar einmal im Winter in einer Schneewehe wiedergefunden. Kurz und gut. Ich musste zurück bis zu einer Stelle an der Kurve, von der ich die Straße einsehen konnte. Ja genau. Und dann lief er da ..."

„Der Fahrer des schwarzen Kombi", ergänzte Kerkhoff.

„Ja genau. Genau der!"

„Und was er bei sich hatte ..."

„... konnte ich nicht erkennen. Ich habe mich vielmehr auf das Suchen der Hundekette konzentriert."

„Und Sie haben sie gefunden?"

„Ja, genau. Genau an der Stelle, die der Hund im dichten Gras angezeigt hatte."

„Danke, Herr Professor."

„Wenn Sie noch etwas von mir wissen wollen, dann gebe ich Ihnen meine Visitenkarte. Dort stehen die Telefonnummern, E-Mail und so weiter!“

„Ja, genau“, sagte nun Hauptkommissar Kerkhoff mit einem verschmitzten Lächeln auf den Lippen und gab Habbena die Hand.

Als der Professor schon fast in der Tür stand, rief Czerlikowski: „Halt, Stopp. Warten Sie bitte noch etwas. Eine Frage habe ich noch!“

„Ja, bitte“, sagte der Professor freundlich.

„Welche Automarke war das?“

„Ich kenne mich mit Autos nicht so gut aus“, begann der Professor und Kerkhoff dachte: ‚Wieso wusste ich das vorher?‘ Aber dann fügte Habbena hinzu: „Es war ein Mercedes Benz TD 250, Modell 124, 90 PS, schwarz.“

Überrascht fragte Kerkhoff: „Und woher wissen Sie das so genau?“

„Ich habe das gleiche Auto in der Garage stehen, ja genau, nur in Blau. War's das? Auf Wiedersehen, meine Herren! Einen schönen Tag noch!“ Der Professor schloss die Tür von außen.

Balthasarstraße

„Guten Tag, ich heiße Nina, Nina Campen." Sie gab Frau Gerken die Hand. Die weißhaarige alte Frau trocknete ihre Hände noch in der blauen Kittelschürze, nachdem sie die Haustür geöffnet hatte. „Ich hätte gern Herrn Hannes Gerken gesprochen."

„Meinen Hannes? Der ist im Garten. Gehen Sie bitte ums Haus herum, Frollein. Der wird sich freuen über solch hübschen Damenbesuch. Ich gehe durchs Haus und schließe die Tür auf."

Beim Wort „Frollein" gingen Nina normalerweise die Nackenhaare hoch. Doch diesmal überhörte sie es einfach.

„Hannes! Hannes, du hast Besuch", rief Frau Gerken, als sie und Nina hinter dem Haus wieder zusammentrafen. In der äußeren Ecke des Gartens stand ein älterer Mann auf einer Leiter und beschnitt mit einer elektrischen Schere die dichte Thuja-Hecke. Damit das Ganze schön gerade wurde, hatte er eine Richtschnur gespannt.

„Hannes!" Die Alte hatte die Phonzahl erhöht, doch ihr Mann reagierte nicht. „Der hat sicher wieder sein Hörgerät abgestellt." Frau Gerken blickte vorwurfsvoll zu ihrem Mann. „Gehen Sie doch bitte eben hin und reden mit ihm. Sie sind doch noch schneller auf den Beinen als ich, junge Frau!"

„Ja, moin! Guten Tag. Wer sind Sie denn?" Blitzschnell kletterte Hannes herunter und gab Nina die Hand. „Moment! Mein Hörgerät!" Er befummelte sein

Ohr. „So. Nun kann ich Sie verstehen. Sie müssen wissen, ich hatte gerade ein bisschen Streit mit Hermine, meiner Frau. Sagt die doch ‚oller Suupkopp' zu mir, bloß weil ich mir so einen kleinen Elf-Üürtje gegönnt habe. Damit ist man doch kein Suupkopp, nich? Als wenn ich mir eine ganze Flasche Genever reingetan hätte, aber das waren doch nur zwei kleine Gläschen Schnaps. Sie wissen ja, auf einem Bein kann man nicht stehen! Schon gar nicht auf der Leiter."

Er lachte Nina an, sodass sie unwillkürlich zurücklachte. Er fasste sie unter den Arm und führte sie durch den Garten.

Voller Stolz zeigte er ihr seine Anpflanzungen, als sei sie eine alte Bekannte. Nina hoffte inständig, noch ihr Anliegen vorbringen zu können, bevor es dunkel würde.

„Hermine, setzt du uns mal einen Tee an? Sie mögen doch Tee?" Hannes steuerte Nina in Richtung Haus und bot ihr auf der Terrasse einen Platz an. Die Campingstühle waren aus kunststoffbezogenem Drahtgeflecht. Nina ließ sich auf den Polstern nieder.

„Wer ist denn diese junge Dame und was will sie von dir, Hannes?", fragte Hermine.

„Jesses, das habe ich ganz vergessen zu fragen!" Hannes lachte.

„Ich komme von Herrn Kerkhoff, dem Hauptkommissar."

„Sind Sie auch bei der Polizei?"

„Nein, ich bin Lehrerin. Gerrit, also Herr Kerkhoff, bat mich, den Hund bei Ihnen vorbeizubringen. Er sagte, Sie beide hätten das so vereinbart."

„Jo, das stimmt wohl. Wo ist der denn? Holen Sie ihn mal schnell aus dem stickigen Auto. Der kann doch hier frei herumlaufen, nicht, Hermine?"

Als Nina den Hund ableinte, sprang Harras gleich auf Hannes zu. Der Alte konnte gar nicht so viele Arme haben, wie er den Hund streicheln wollte. Hermine hatte unterdessen einen gelben Hundenapf voll Wasser herausgebracht. „Der ist von unserem alten Jagdhund. Cora vom Weidengrund hieß sie. Sie ist vor zwei Jahren gestorben. Das hat Hannes ganz schön getroffen. Seitdem ist er oftmals so knötterig, wissen Sie. Sehen Sie mal, wie der mit dem Hund herumspringt. Der wird selber wieder jung dabei."

Nina wunderte sich, wie aufgedreht der alte Hannes nun war. Spielerisch haute er dem Labrador auf das Hinterteil, während dieser schwanzwedelnd an ihm vorbeisauste und wüste Töne ausstieß. Dann wieder folgte ein Befehl, den der Hund sofort ausführte. „Lauf!" und schon flitzte Harras erneut los. Zweifellos – hier hatten sich zwei gefunden.

34

Polizeiwache Esens

„Wenn der Brandstifter tatsächlich im Mercedes war", sagte Czerlikowski, „dann haben es entweder zwei Personen auf Goldau abgesehen – Hinni Schröder und der Zwei-Meter-Mann – oder ..."

„... oder der Brandstifter ist auch der Mörder von Reiner Muul", ergänzte Kerkhoff, „und Hinni Schröder ist tatsächlich unschuldig und wir jagen den Falschen."

„... oder die beiden arbeiten zusammen", schloss Czerlikowski. Nachdenklich kratzte er sich am Kopf.

„... oder, oder, oder. Es wird immer undurchsichtiger." Kerkhoffs Miene verdüsterte sich. „Wir müssen alles noch einmal gründlich durchdenken. Irgendetwas übersehen wir wahrscheinlich."

Die beiden grübelten. Eine Pause entstand. Czerlikowski nahm einen Anruf entgegen, während Gerrit Kerkhoff Kreise und Striche auf ein Blatt Papier malte. „Warum macht sich Hinrich Schröder verdächtig und verschwindet?", murmelte er.

Czerlikowski stand mit dem Telefon am Ohr auf und riss Kerkhoff das vollgemalte Blatt weg. Er tippte sich an die Stirn.

„Alter Schmierfink!", rief er in Kerkhoffs Richtung, um gleich mit dem Telefongespräch fortzufahren: „Nein, nicht Sie, Entschuldigung! Ich meinte meinen Kollegen!" Dann konzentrierte er sich wieder auf den Anruf.

Kerkhoff stierte auf seine Kurznotizen. Sein Blick blieb an der Automarke hängen. Mercedes, Mercedes Benz.

„Du!", platzte er Czerlikowski plötzlich ins Gespräch, „vielleicht ist der schwarze Benz der Schlüssel! Ich hab dir doch erzählt, dass ich kurz nach der Tatzeit in Thunum fast angefahren worden wäre."

„Hast du?", erwiderte Czerlikowski lakonisch. Er beendete das Telefonat und sah genervt aus.

„Hab ich nicht? Ich war nach Feierabend mit dem Fahrrad von Wittmund nach Esens unterwegs. Plötzlich nahm mir ein schwarzer Mercedes, genauso einer, wie der Professor ihn beschrieben hat, die Vorfahrt. Ich konnte gerade noch ausweichen und wäre fast in den Graben gefahren. Das Nummernschild konnte ich dann nicht mehr erkennen. Der Fahrer war genauso erschrocken wie ich. Die Karre muss vorne am Kotflügel einen kleinen Kratzer haben, denn er hat einen Kilometerstein berührt. Er ist aber mit einer Affengeschwindigkeit weitergefahren, ohne sich darum zu kümmern."

„Das fällt dir aber reichlich früh ein", tadelte Czerlikowski und schüttelte den Kopf. „Von wo kam der denn?"

Kerkhoff stand auf und ging zur topographischen Karte. Er benutzte einen Stift als Zeigestock. „Da. Da war es. Er kam von hier. Es gibt jetzt zwei Möglichkeiten. Entweder befuhr er den Dorfrundweg. Das scheint unwahrscheinlich …"

„…oder er kam vom Tatort", sagte Czerlikowski.

„Ja, aber die Straße ist für Autos nur bis hier, bis zum Bauernhaus befahrbar, dann musste er den Rest laufen …"

„… und den Wagen hätte er abstellen müssen. Moment, das haben wir gleich!" Czerlikowski griff zum Telefon. Kerkhoff langte herüber und drückte die Mithörtaste. „Hallo, Frau Hilpert. Czerlikowski hier. Ich hätte gern Ihren Mann gesprochen."

„Der ist auf der Weide! Kann ich Ihnen helfen?"

„Wir können es probieren. Erinnern Sie sich an den Abend, als der Mord passierte?"

„Wie sollte ich das nicht. Haben Sie mal einen Mord in der Nachbarschaft. Was wollen Sie denn nun wissen? Ihr Kollege hat doch alles aufgeschrieben."

„Frau Hilpert, es geht um eine Auskunft, die jetzt erst wichtig geworden ist. Bei Ihrem Bauernhaus beginnt doch der Radweg; der kann doch nicht mit dem Auto befahren werden, oder?"

„Nein, eigentlich nicht. Spätestens bei der Brücke ist Schluss. Wir selbst benutzen ihn bis dahin als Wirtschaftsweg, um mit dem Trecker in die Weiden zu kommen. Dafür müssen wir ihn ja auch instand halten. Was meinen Sie, was das kostet."

„Das glaub ich gerne", erwiderte Czerlikowski, der den Faden wieder aufnehmen und das Gespräch in die richtige Richtung lenken wollte. „Ist Ihnen an dem Abend etwas aufgefallen, hat auf dem Radweg oder auf der Zugangsstraße dorthin vielleicht ein Pkw geparkt?"

„Ja, warum?"

„Weil es wichtig für unsere Ermittlungen ist!", sagte Czerlikowski und schlug die Augen gen Zimmerdecke. Aber er brauchte die genauen Informationen.

„Wolfgang hat sich furchtbar aufgeregt", begann Frau Hilpert. „Er schimpfte über einen Autofahrer, der seinen Wagen so dämlich abgestellt hatte, dass Wolfgang mit dem Trecker und Anhänger nur ganz eben so vorbei kam. Er war schon drauf und dran, den Wagen wegzuziehen. Das ist nämlich ein Privatweg. Der gehört uns! Wie kann sich so ein Dämlack da hinstellen?", ereiferte sie sich.

„Und wissen Sie zufällig, um welche Automarke es sich gehandelt hat?", bohrte Czerlikowski weiter.

„Warten Sie mal." Man hörte die Frau förmlich denken. „Auf die Mercedesfahrer hat Wolfgang so geschimpft. Ja, so war das. ‚Die mit ihrer eingebauten Vorfahrt, die glauben wohl, die können sich alles erlauben', sagte er noch. Das war witzig."

„Warum war das witzig?"

Frau Hilpert lachte. „Weil wir doch auch einen Mercedes fahren."

„Aha", entgegnete Czerlikowski trocken, „und welche Farbe hatte er?"

„Rot, er war völlig rot angelaufen vor Wut!"

„Nein", verbesserte sich Czerlikowski und Kerkhoff lachte vernehmlich. „Ich meinte die Farbe vom Mercedes."

„Rot!"

„Rot?"

„Ja, auch rot. Unser Mercedes ist auch rot!"

„Liebe Frau Hilpert." Nur mit Mühe beherrschte sich Czerlikowski, während Kerkhoff sich vor Lachen krümmte. „Frau Hilpert, welche Farbe hatte der Mercedes, der auf der Zugangsstraße im Weg stand?"

„Das hatte er nicht gesagt. Er hat nur so allgemein über die Mercedesfahrer geschimpft", sagte Frau Hilpert. „Da müssen Sie ihn schon selber fragen, wenn er wieder da ist. Oder er ruft zurück, das ist sicherer!"

Czerlikowski nannte seine Handynummer und verabschiedete sich.

„Puh! Bingo! Treffer! Versenkt!", rief er.

„Versenkt noch nicht", wandte Kerkhoff ein. „Nun müssen wir herausbekommen, wem der Wagen gehört. Hinni Schröder können wir dabei streichen. Mercedes fährt der nicht."

„Wo der wohl steckt?", rätselte Czerlikowski. „Sicher ist, dass er mit dem Fahrrad unterwegs ist. Vielleicht war es auch jemand aus Muuls Familie. Wir sollten nachforschen, ob da jemand einen Mercedes fährt."

„Wie kommst du denn jetzt auf Muuls Familie?" Verständnislos schüttelte Kerkhoff den Kopf. Manchmal brachte sein Kollege völlig wirre Vorschläge auf den Tisch. „Mit Sicherheit fahren die Mercedes. Die stinken doch vor Geld. Aber wir dürfen uns nicht darauf versteifen, sondern müssen alle Mercedesfahrer herausfischen."

„Können wir das nicht eingrenzen?"

„Ich denke schon", meinte Kerkhoff. „Der Fahrer ist ja nicht unauffällig, von seiner Körperstatur her gesehen. Bevor wir jetzt Adressen ausdrucken, rufen wir lieber die Werkstätten an. Zuerst die Mercedeswerkstätten. Die werden sich doch wohl an einen solchen Kunden erinnern können."

„Aber jetzt noch? Die haben schon längst Feierabend."

„Oh ja, richtig. Dann rufen wir die Werkstattbesitzer privat an. Das muss nun gehen!"

„Denn man viel Vergnügen!" Czerlikowski verdrehte die Augen.

Ostbense

Hinrich Schröder blickte die Röhre hoch. Die Eisentritte führten steil nach oben. Vorsichtig zog er die Stahltür zu. Das Schloss, das sich von ihm nicht knacken ließ, musste erst noch erfunden werden.

Hinni breitete seine Isomatte auf dem Zementboden aus. Darüber legte er den Daunenschlafsack, den er beim Transport mit einer alten Rot-Kreuz-Tüte geschützt hatte. Dann zog er den Flachmann aus der Innentasche der Jacke und genehmigte sich einen kräftigen Schluck. Das Bruchstück des Stangenweißbrotes war schon ganz trocken und hart. Trotzdem biss Hinni hinein. Er hatte Hunger. Auch Durst würde kommen. Hier in der Windkraftanlage gab es nichts. Zum etwas entfernt gelegenen Bauernhof zu schleichen, um sich mit Wasser und eventuell etwas Essbarem einzudecken, war ihm zu gefährlich. Er wollte sich Goldau noch einmal vorknöpfen und dazu würde er noch die restliche Zeit bis zum Schützenfest ausharren. Dann konnte er sich in aller Ruhe stellen. Der Drei-Liter-Wasserkanister war noch zu zwei Dritteln gefüllt. Dazu zwei Dosen Fanta, das musste einfach reichen. Drei Äpfel und das Stück Käse sowie die Sommerwurst waren seine gesamten Lebensmittelbestände.

Während Hinrich Inventur machte, hörte er plötzlich ein Geräusch. Das Brummen eines Pkw-Motors übertönte das einförmige Rotationsdröhnen der drei Windenergieanlagen nur knapp. Mühsam bückte er sich und blickte durch das Schlüsselloch. Auf dem

Schotterweg näherte sich ein grün-weißer Servicewagen der Anlagenfirma.

‚Die werden doch wohl nicht ausgerechnet die Anlage warten, in der ich sitze', dachte Hinni. Zum Glück hatte er sich eine der beiden ausgesucht, die in Betrieb waren. Die dritte Anlage hatte Hinni intuitiv gemieden. Da hatte er sich auf seinen Bauch verlassen. Die dritte stand still. Die Rotoren waren aus dem Wind gedreht.

36

Polizeiwache Esens

„Da geht auch keiner ran!" Missmutig knallte Czerlikowski den Hörer auf. „Die sind alle beim Festumzug!"

„Heute auch schon?"

„Na klar. Freitags Fackelzug. Eröffnung des Marktes. Für eine halbe Stunde gibt es freien Eintritt bei allen Fahrgeschäften für die Kinder. Samstags Proklamation des Jungschützenkönigs und ein kurzes Warmlaufen der Schützencompagnie. Am Sonntag gehen beim Umzug die befreundeten Vereine mit: Fußball, Handball, Tennis, Turnen …" Czerlikowski ratterte die teilnehmenden Gruppen herunter. „Und am Montag geht es früh los! Fünf Uhr oder sechs Uhr, Wecken mit Böllerschüssen, Treffen bei den Schützenkönigen. Nicht nur bei denen der Schützencompagnie, nein, bei allen 750 Schützenkönigen; von Kegelclub, Nachbarschaften, Dartclub, Sportverein, Grillgemeinschaften, Gärtnervereinigungen, Nonkonformistengruppe und so weiter und so fort. Dann wird gefrühstückt, bei vielen nur mit Flüssignahrung. Gegen acht, halb neun trifft sich alles, was Rang und Namen hat, vor dem Rathaus. Hier wieder aufstellen und formieren, damit der Bürgermeister und der Schützenkönig …"

„Goldau!", sagte Kerkhoff. „Der Personenschutz muss dringend aufgestockt werden! Aber wenn er denn unbedingt teilnehmen muss, dann soll er seine Aktivitäten doch bitte schön auf ein Minimum reduzieren. Wir sollten uns noch einmal mit ihm unterhalten."

Es klopfte. Der Kopf des Lokalreporters Detlef Kiesel erschien in der Tür.

„Herein!", rief Kerkhoff demonstrativ, obwohl der Reporter schon halb im Zimmer stand.

„Entschuldigen Sie meinen Überfall, meine Herren, es geht um den Mord …" Weiter kam er nicht.

„Keine Stellungnahme!", wehrte Hauptkommissar Kerkhoff ab. „Aus ermittlungstaktischen Gründen wurde eine Nachrichtensperre verhängt. Reichen Sie Ihre Fragen schriftlich ein. Am Montag wird es eine Pressekonferenz geben. Es gibt keine neuen Ergebnisse."

„Doch", entgegnete der Reporter.

„Nein, Steinchen, gibt es nicht", rief Kerkhoff, für Czerlikowskis Begriffe etwas zu laut. „Und jetzt …"

„Moment mal", unterbrach der Zeitungsmann und wedelte mit einer ledernen Kladde. „*Ich* habe neue Erkenntnisse für *Sie*!"

Erstaunt sahen die Ermittler ihn an.

„Das hier wurde uns heute Morgen zugespielt. Unterlagen aus dem Hause Wolfgang Goldau, Bauunternehmen *Schneider-Bau*."

„Zugespielt von wem?", fragte Kerkhoff.

„Der Name stand nicht dabei. Wir haben uns erlaubt, eine Kopie zu machen. Interessante Dinge liest man darin über die Machenschaften des Herrn Unternehmer. Ich denke, da könnte eine kleine Bombe platzen."

„Nichts platzt hier. Geben Sie schon her. Setzen Sie sich hin", sagte Kerkhoff.

„Da hinten steht Kaffee. Tassen und Zucker sind im Schrank, Milch im Kühlschrank", sagte Czerlikowski, während er um den Schreibtisch herumging.

Gemeinsam lasen die beiden Polizisten über den Schreibtisch gebeugt die Akten.

„So eine Pottsau“, brach es endlich nach einer Weile aus Kerkhoff heraus.

„Darf ich das zitieren?“, grinste der Reporter.

„Unterstehen Sie sich. Das würden Sie beruflich nicht überleben!“, herrschte Kerkhoff ihn an.

„War doch nur ein kleiner Scherz“, entgegnete der Journalist lächelnd.

Das Telefon unterbrach ihn.

„Czerlikowski! Ja, doch, Czerlikowski hier am Apparat!“ Eine kurze Pause entstand. „Wo? Ostbense, aha. Nee, klar“, sagte Czerlikowski und zuckte von der Mithörtaste zurück, als er den neugierigen Blick des Reporters sah. Er notierte das Wichtigste. „Alle Zuwege abriegeln. Wir kommen sofort hin. Vorsicht, der Mann ist bewaffnet!“ Dann legte er auf. „Schröder“, sagte er nur kurz in Richtung Kerkhoff. „Komm, es gibt Arbeit!“

„Marike, kümmerst du dich bitte um Herrn Kiesel?“, rief Kerkhoff der Sekretärin zu, die in ihrem Büro saß.

Die Hauptkommissare stürzten aus dem Büro. Kurze Zeit später folgte ihnen der Reporter. Zuvor warf er noch einen Blick auf die Notizen des Polizisten. Dann machte er sich mit seinem Schreibblock und der Kamera auf den Weg.

37

Ostbense / Schulzentrum

Hinrich spähte durch das Schlüsselloch. Ob die Monteure etwas gesehen hatten? Sie ließen sich jedenfalls nichts anmerken. Die beiden verließen den Bulli und verschwanden aus Hinnis Blickfeld. Hatte der eine nicht ein Handy in der Hand? Der Wagen stand zwanzig Meter von Hinnis Versteck entfernt, nur zwanzig Meter. Wenn die Arbeiter die Kratzer in der Tür gesehen hatten … Das Fahrrad lag auch in der Nähe, zwar etwas im Graben, doch noch sichtbar. Und der Rucksack …

Hinni wusste, dass er einen Fehler gemacht hatte. Der Rucksack stand noch draußen. Wenn die Arbeiter zwei und zwei zusammenzählten, wüssten sie, dass jemand in dieser Windkraftanlage war. Vielleicht würden sie nur zur Tarnung in die andere Anlage gehen und so tun, als ob nichts wäre. Und sicherlich verständigten sie schon die Polizei.

Hinni schloss die schwere Tür. Er schlich zum Servicewagen und öffnete die Fahrertür. Die Schlüssel steckten. Ohne Zögern startete Hinni den Wagen und brauste über die Zufahrtsstraße davon.

Hatte er sich zu früh gefreut? Von der Hauptstraße bogen zwei Streifenwagen in den Feldweg ein und fuhren direkt auf ihn zu. Sollte er einfach Gas geben? Doch stattdessen hielt er an einer Ausbuchtung an und kurbelte das Fenster herunter.

„Gut, dass Sie kommen!“, rief Hinni den Beamten zu.

„Ist er noch drin?“, fragte der uniformierte Fahrer.

„Einer? Es sind zwei! Ich musste abhauen, sie gingen auf mich los. Schließlich sollten sie das Fahrzeug nicht in die Hände bekommen!"

„Sehr gut", meinte der Polizist, „dann haben wir sie gleich. Fahren Sie bis zur Hauptstraße, damit die anderen Polizeifahrzeuge hier ungehindert durchkommen. Parken Sie dort irgendwo. Wir nehmen später ein Protokoll auf." Er fuhr an und zeigte dem nachfolgenden Wagen mit dem Arm an, ihm zu folgen.

Hinni erreichte gleichzeitig mit einem Zivilfahrzeug der Polizei, das ihm entgegenkam, die Kreuzung zur Hauptstraße. Als er abbog, sah er im Rückspiegel, wie die Kriminalbeamten den Schotterweg heruntersausten und viel Staub aufwirbelten. Er beschleunigte jetzt auch. In Esens bog er vor der Mühle auf den Weg in das Schulzentrum ein. Auf dem Parkplatz der Hauptschule stellte er das Fahrzeug ab. Ihm war klar, dass er es sofort loswerden musste. Zuvor durchsuchte Hinni noch den Wagen. Im hinteren Teil fand er die Aktentaschen der Monteure und deren Zivilkleidung, die sie für die Reparaturarbeiten mit den hellroten Arbeitskombis getauscht hatten. Die Jeans und ein Sweatshirt passten wie angegossen. In den Aktentaschen fand er Kaffee und belegte Brote. Die Brieftaschen legte er unversehrt bis auf eine Leihgabe von sechzig Euro wieder zurück. „Sorry, Kollegen", brummte er.

Ostbense / Marktplatz Esens

„Wie, abgehauen?“ Fassungslos blickte der Hauptkommissar auf seine Kollegen. Er faltete sie nach allen Regeln der Kunst zusammen, nachdem er sich bei den versehentlich festgenommenen Servicemitarbeitern entschuldigt hatte. „Ist das angeboren oder gelernt? Soviel Blödheit auf einem Haufen, meine Güte noch einmal!“

Er war so außer sich, dass Czerlikowski erneut eingreifen musste: „Mensch, nun ist aber gut. Das ist dir doch auch passiert. Zweimal ist der Schröder nun bereits entkommen, jetzt eben das dritte Mal. Lass die Kollegen in Ruhe. In der Situation mussten sie sich eben schnell entscheiden und der Schröder ist nicht blöd, das haben wir nun schon mehrfach mitbekommen.“

„Dreimal, meine Güte, was für eine Blamage“, entgegnete Kerkhoff leise und registrierte, dass der Reporter der Regionalzeitung die Auffahrt heraufgefahren war und aus dem Wagen stieg.

„Dreimal ist Ostfriesenrecht. Bei der nächsten Gelegenheit ist er fällig“, beschwichtigte Czerlikowski. Sie stiegen ins Auto, um den Fragen des Journalisten zu entgehen.

„Kein Wort zu dem Schreiberling“, brüllte Kerkhoff den Streifenpolizisten zu, von denen einer vor Schreck salutierte.

„Du kannst mich in der Innenstadt rauslassen“, sagte Kerkhoff. „Ich werde die Kollegen am Marktplatz unterstützen. Versuch du weiter, den Kontakt mit den Werkstätten herzustellen, und finde den Mercedesfahrer. Ich habe das Gefühl, da ist was dran!"

Sie fuhren direkt in die Stadt zurück. Mittlerweile hatten sich die großen, weißgrauen Wolken des ostfriesischen Himmels vom Nachmittag zu einer Wolkendecke zusammengezogen. Czerlikowski steuerte den Wagen um die Absperrung, die wegen des Schützenaufmarsches aufgestellt worden war, und grüßte einen Kollegen, der bereits auf sie zugelaufen kam, um sie zu kontrollieren. „Na, wenigstens die angeordnete Überwachung klappt", murmelte Kerkhoff.

Als der Polizist die beiden Hauptkommissare erkannte, winkte er sie durch. Kurz vor dem Marktplatz hielt der Wagen. Kerkhoff nahm sich ein Funkgerät und stieg aus. Leicht humpelnd überquerte er die Straße und drängte sich hinter eine Bierbude. Er ließ sich von der Überwachungssituation in Kenntnis setzen.

Als er an der Kneipe vorbeikam, in der er Nina kennengelernt hatte, verspürte er den dringenden Wunsch, sich bei ihr zu melden. Er wählte Ninas Telefonnummer. Der Anrufbeantworter verkündete ihre Abwesenheit. Danach versuchte er es auf ihrem Handy. „Wo bist du?" Diese typische Handy-Gesprächseröffnung blieb ihm auch diesmal nicht erspart. Nina war ebenfalls zum Fackelzug gekommen. Sie verabredeten sich vor der *Ratsgaststätte.*

„Moin! Moin! Moin!" Immer wieder musste Gerrit den Gruß von Nachbarn und Bekannten erwidern. Am Schafmarkt wurde ein Auto abgeschleppt. Wie in jedem Jahr. Der Besitzer hatte die großen, gelben Hinweisschilder missachtet: *„Aufmarschbereich. Bitte nicht parken!"* Endlich hatte er es geschafft. Er stand vor der

Ratsgaststätte. Ein kurzer Blick über den Platz, auf dem sich immer mehr Menschen einfanden, verschaffte ihm Gewissheit, dass die Polizisten in Zivil auf ihrem Posten standen. Einige hatten Stellung in den umliegenden Häusern bezogen: Haus der Zeitung, Hotel, Optiker, Bauernbank, Elektrogeschäft, Rathaus. An einigen Stellen waren zusätzliche Überwachungskameras installiert.

Aber wo war Nina?

Der Marktplatz füllte sich zusehends mit den Menschenmassen. Eigentlich glaubte der Hauptkommissar nicht, dass der Täter heute zuschlagen würde. Weder Hinni Schröder, den sie nun kräftig aufgescheucht hatten, noch der zweite mögliche Täter, der unbekannte Mercedesfahrer, würden diese Versammlung nutzen wollen. Ein Schuss auf den Schützenkönig könnte ebenso gut Unschuldige treffen. Für die Täter war der ganze Platz zu unübersichtlich und auch zu gut abgeriegelt.

Kerkhoff blickte sich um. Nina müsste doch irgendwo sein. Sie war sonst überpünktlich. Er blickte zur Kneipe *Milieu*. Dort gab es eine Rangelei und laute Stimmen. Als er den Schützenkönig inmitten seiner Schützenbrüder sah, griff Kerkhoff zum Funkgerät. Er wurde beruhigt. Alles in Ordnung hieß es, nur eine kleine Meinungsverschiedenheit; die Kollegen und Kolleginnen hätten alles im Griff. Kerkhoff fuhr etwas herunter. Er steckte das Funkgerät wieder weg.

„Hallo, schöner Mann. Ganz alleine hier?" Eine kurzhaarige, blonde Frau sprach ihn an.

„Mehr oder weniger!", sagte er etwas verlegen, als ihn die junge Frau unterhakte.

„Aber das lässt sich doch ändern." Sie lächelte ihn verführerisch an.

Meine Güte, dachte Kerkhoff. Jeden Moment könnte Nina kommen. Wie sollte er das erklären? Das gäbe nur Missverständnisse. „Also hören Sie … eigentlich bin ich schon hier verabredet."

Die Blonde lachte. „Eigentlich? Das ist doch eine Einschränkung. - Ich glaube, wir kennen uns irgendwo her. Ich hab so das Gefühl …" Sie brach ab und schien sich darüber zu amüsieren, wie unwohl sich Gerrit Kerkhoff in seiner Haut fühlte.

„Ich kann mich leider nicht erinnern", sagte Gerrit lächelnd und riskierte einen schnellen Blick auf die makellose Figur der hübschen Frau.

Plötzlich wurde er von hinten gepackt. Zwei zierliche Hände hielten ihm die Augen zu: „Du Schuft, kaum verspäte ich mich um eine Minute, bändelst du schon mit der Nächsten an." Nina hatte sich an ihn herangeschlichen.

„Ich kenne diese Frau gar nicht, ehrlich", sagte Kerkhoff leicht irritiert von dem Gelächter der beiden Frauen.

„Doch, du kennst sie", versuchte Nina ernsthaft zu sagen, aber sie fiel wieder in das Gekicher ein. „Das ist Britt! Meine Schwester! Ihr habt doch telefoniert!"

39

Marktplatz / Esens

Er drängelte sich durch die Menschenmenge, die den Marktplatz säumte. Kinder purzelten ihm vor die Füße. Manchmal hielt er inne und musste sich wieder seitwärts durch dicht stehenden Menschengruppen schieben. Tabletts mit Biergläsern machten vor den Kneipen und an den Bierständen die Runde.

In der Mitte des Platzes hatten die Aufmarschhelfer der Schützen einen Freiraum für die marschierenden Kapellen und Korporalschaften geschaffen. An den Marktplatzseiten standen die Zuschauer diszipliniert unter den zurechtgestutzten Bäumen. Er trat in die nächste Kneipe ein. Einige Schützen füllten sich die letzte Marschverpflegung ein. Er stieß versehentlich mit einem von ihnen zusammen. Sekundenlang stand er mit dem Schützenkönig Goldau Auge in Auge.

„Mörder!" Er zog die Spucke durch den Nasen- und Rachenraum hoch und spie dem Bauunternehmer vor die Füße. Sofort nahmen einige Männer den Schützenkönig in die Mitte, drängten ihn zur Seite und dann zur Kneipentür hinaus. Er blickte ihnen hinterher.

„Kann ich mal eben Ihren Ausweis sehen?"

Er musste auf einen hageren, jungen Mann hinunterblicken, der ihm einen Polizeiausweis vor die Nase hielt.

„Kann ich bitte Ihren Ausweis haben?", wiederholte der Kleine.

Mit einem entschiedenen „Nein!" schlug er dem Polizisten die Faust in den Magen und verschwand durch die Tür in der Menschenmenge, bevor sich der

Beamte von dem Schlag erholt hatte. Draußen hörte er den Defiliermarsch und die Befehle für die bereits angetretenen Schützen. Er stellte er sich verdeckt in einen Hauseingang, von wo er einen guten Überblick über die Veranstaltung hatte.

„Stillgestanden!" Der Hauptmann brüllte den Schützen den Befehl zu und verlas anschließend die Totenehrung: „Es starben ..." Dann folgte eine Liste von Namen derjenigen Schützen, die im vergangenen Jahr das Zeitliche gesegnet hatten. Auch der Name Reiner Muul wurde verlesen. Anschließend spielten die Moormusikanten Wiesmoor *Ich hatt' einen Kameraden.*

„Rechts um!" Die Fackeln loderten und der Marsch durch die Stadt begann, von schmissiger Musik begleitet.

Polizeiwache Esens

Am Samstagmorgen gab es auf dem Esenser Polizeirevier nur müde Gesichter.

„Hätte ich gewusst, dass ich auch am Schützenfest arbeiten muss, dann wäre ich in Wittmund geblieben.“ Marike war sichtlich mitgenommen von dem ersten Schützenfestabend. „Ich habe kaum geschlafen“, ergänzte sie vorwurfsvoll.

„Dann warst du auch nicht müde! Oder was hast du getrieben?“, frotzelte Czerlikowski. „Und du hättest nicht so nette Kollegen um dich herum.“

„Darauf kann ich verzichten am Schützenfest!“

„Wer war eigentlich der gutaussehende, braungebrannte Jüngling gestern Abend, mit dem du um die Häuser gezogen bist?“

„Gutaussehender Jüngling? Redet ihr von mir?“ Kerkhoff lugte durch den Türspalt.

„Pah …“, war Marikes einziger Kommentar, ehe sie durch die zweite Bürotür verschwand.

„Na, auch schon da?“ Czerlikowski Lächeln erstarb bei Anblick seines verkaterten Kollegen. „Pünktlichkeit ist eine Zier …“

„Viertelstunde zu spät … Sei nicht so pedantisch“, grantelte Kerkhoff. „Gibt es was Neues?“

„Klar gibt es was Neues!“ Czerlikowski warf ihm die Akte herüber. „Klaas Rosenberg, 42 Jahre, Abteilungsleiter bei der Regierungsbehörde in Aurich, in der Verwaltung. Seit zwei Jahren vom Dienst befreit; psychische Probleme, etwa zwei Meter groß. Fährt ein schwarzes Mercedes-T-Modell. Wohnhaft in Utgast, An den Kieskuhlen. Bisher polizeilich nicht aufgefallen, nichts in den Akten, bis auf eine Kleinigkeit." Czerlikowski machte eine Kunstpause. „Anzeige wegen Beleidigung und Körperverletzung. Und nun rate einmal, von wem?"

„Goldie Goldau!"

„Genau!" Czerlikowski nickte.

„Verheiratet? Kinder?", fragte Kerkhoff nach.

„Wir sind dran; heute Nachmittag haben wir mehr."

„Heute Nachmittag?", brüllte Kerkhoff lauter als gewollt. „Der Kerl muss herbei, aber dalli. Keiner geht ins Wochenende! Alle verfügbaren Kräfte ran."

„Die sind doch schon im Einsatz", sagte Czerlikowski.

„Klaro, sorry. Ich werde so langsam nervös." Aber er wusste, es lag nicht nur am zunehmenden Druck der Öffentlichkeit in diesem Fall. Nina hatte gestern Abend recht sauer reagiert, als er ihr mitteilte, er wäre im Einsatz. „Dann eben nicht, dann machen wir uns eben einen schönen Abend, Britt. Andere Väter haben auch schöne Söhne."

Ohne sich noch einmal umzusehen, war Nina mit ihrer Schwester losgezogen.

„Klingel mal in Aurich an. Wir brauchen jeden Mann! Wir müssen diesen Rosenberg und den Hinni Schröder festnehmen, bevor noch etwas passiert." Kerkhoff setzte sich an seinen Platz. Auf seiner Schreibtischunterlage notierte er beide Namen in einem kleinen Abstand. Dann kreiste er sie einzeln ein und fügte weitere hinzu. Ein umfangreiches Cluster zum Mordfall entstand, während Czerlikowski die Telefondrähte heiß laufen ließ. Als dieser auflegte, sagten beide gleichzeitig: „Wir müssen zu Rosenberg!"

41

Schulzentrum

Die Hintertür der Schule konnte nur schwer von den Nachbargärten eingesehen werden. Wenn niemand ihn auf dem Hinweg sähe, könnte er unbemerkt zur Tür gelangen. Hinni Schröder kannte das Gebäude genau.

Vor fünfzehn Jahren hatte er mit den Kollegen von *Schneider-Bau* diesen Schulneubau hochgezogen. Einen der letzten. Kein Geld mehr in der Kasse, wie es hieß. So ein Witz, dachte Hinni. Geld war genug da, nur in den falschen Händen. Nur, da traute sich niemand ran; kein sogenannter Roter, kein Grüner und die Schwarzen schon gar nicht.

Er spuckte verächtlich aus. Für die Bildung wurde nichts mehr getan, die Zuschüsse zusammengestrichen. *Faux frais* nannte das Karl Marx, sinnierte Hinni, während er beiläufig das Türschloss öffnete, ‚unproduktive Kosten'.

Er drückte das Stativ der Absauganlage für die Werkmaschinen zur Seite und gelangte in den Werkraum. Die Zwischentür war nur angelehnt. Ohne Licht zu machen, ging er durch die Räume.

Eigenartig, diese Schulgebäude, dachte Hinni. Irgendwie waren die alle gleich, auch wenn sie verschieden gebaut waren. Ob es nun diese Schule war oder Schulen aus seiner eigenen Kindheit. Sie alle hatten diese Gemeinsamkeit, den Schulhausgeruch.

Weiter hinten im Gebäude, im dunklen Flur, stand ein altes Ledersofa. Hinni zog es unter den Kelleraufgang und legte sich hin. Selbst wenn jemand heute am Wochenende zufällig in die Schule kommen sollte, würde er hier nicht so schnell entdeckt werden. Seine Knochen waren bleiern. Er war müde, konnte aber nicht schlafen.

Nachdem er eine Viertelstunde mit geöffneten Augen gelegen hatte, meldete sich seine Blase. Er lief vorsichtig den langen Schulflur entlang, stieß die verglasten Flügeltüren auf und stand im Eingangsbereich neben dem Hausmeisterraum. Links neben dem Eingang lagen die Schultoiletten.

Bei seiner anschließenden Suche nach etwas Essbarem durchstöberte er das Obergeschoss. Aber alle Türen waren verschlossen. Um nicht mehr Schaden als nötig anzurichten, holte er aus dem Werkraum Werkzeug, um in die oberen Zimmer zu gelangen. In der Gefriertruhe der Schulküche wurde er fündig. Er langte nach Zwiebelkuchen mit Speck und taute ihn in der Mikrowelle auf. Zuvor entkorkte er einen deutschen Weißwein aus Alzey, Rheinhessen, den er aus dem Kühlschrank des Lehrerzimmers nahm.

Gesättigt und leicht angetrunken ließ er sich auf seinem Lager unter dem Treppenaufgang nieder. Ein oder zwei Stunden wollte er sich gönnen und der Wein half ihm, sich zu entspannen. Hinni träumte wirr. Er räkelte sich im Schlaf unruhig hin und her.

42

Utgast / An den Kieskuhlen

Hauptkommissar Kerkhoff und sein Kollege Czerlikowski bogen An den Kieskuhlen 125a auf die Einfahrt und hielten auf den knarzenden Kieselsteinen an. Kurz nach dem Zuklappen der Autotüren kam bereits vom Nachbargrundstück ein kurzes, aber bestimmtes „Moin!", das ihnen signalisierte, dass sie von der aufmerksamen Nachbarschaft wahrgenommen worden waren. ‚Diese ewige soziale Kontrolle', dachte Kerkhoff, bevor er ebenfalls mit einem kräftigen „Moin!" zurückgrüßte. Es war von der Tonlage und Lautstärke ebenso bestimmt und zeigte dem Empfänger dieser Botschaft, dass sie sich zu Recht auf dem Grundstück aufhielten. Kerkhoff nickte dem Nachbarn zu, während Czerlikowski an der Haustür klingelte.

„Rosenberg ist nicht da", konstatierte der Aufpasser. „Er ist heute Morgen schon früh weggefahren. Anners stunn sien Mercedes all weer vör de Döör. Kann ick jo helpen?" Das Plattdeutsche zeigte, dass er wegen des Besuches nun etwas beruhigter war.

Kerkhoff zückte seinen Ausweis und befragte Rosenbergs Nachbarn. Es kam nicht viel dabei heraus. Einen Schlüssel vom Haus hätte er auch nicht. Früher, als die Frau noch lebte, da hätten sie einen gehabt, meinte er.

„Die Terrassentür hinten war offen", rief Czerlikowski, als er die Haustür von innen öffnete und dabei seine Scheckkarte wieder in die Brieftasche steckte.

„Haben Sie denn einen Durchsuchungsbefehl?", kam die Frage vom Nachbargrundstück.

„Na, klar", erwiderte Kerkhoff und klopfte mit der Hand auf die Brusttasche seiner Jacke. Er hatte keine Lust, dem Mann den Begriff Gefahr im Verzug zu erklären, sondern entschied sich für den Bluff.

Drinnen roch es muffig, als wäre lange nicht gelüftet worden.

„Hier, sieh mal." Czerlikowski saß an einem alten, verzierten Schreibtisch. Auf der Platte lagen zwei Aktenordner, Kopien und zahlreiche Zeitungsausschnitte. „Alles anscheinend Originalunterlagen von *Schneider-Bau*, Goldaus Baufirma. Auch Abrechnungen über Rosenbergs Haus. Das hat Goldau ebenfalls gebaut. Es gab eine lange gerichtliche Auseinandersetzung. Das ist ja interessant!" Czerlikowski blätterte weiter, während Kerkhoff telefonisch die Spurensicherung anforderte.

„Rosenbergs Frau und seine Tochter sind hier im Haus ums Leben gekommen!" Czerlikowski deutete mit dem Zeigefinger auf die entsprechenden Unterlagen.

„Was? Hier? Und die Todesursache?" Kerkhoff kam näher heran.

„Dafür wird der Bauunternehmer verantwortlich gemacht. Die beiden saßen auf der Terrasse, als der Balkon abbrach und sie begrub … Bau- beziehungsweise Materialmängel … Ein Verschulden konnte der Firma nicht nachgewiesen werden. Freispruch für Goldau und Muul aus Mangel an Beweisen. Der Rosenberg sinnt auf Rache. Während der Gerichtsverhandlung hat er herumgetobt, war nicht zu bändigen, wie hier steht. Kein Wunder bei dem Brocken. Das ist 'ne richtige Kante, der Mann. Er hat es geschafft, sich auf die Angeklagten zu stürzen und sie mit Faustschlägen zu traktieren", sagte Czerlikowski.

„Das heißt, Klaas Rosenberg hält Goldau und Muul für schuldig. Er glaubt also, die beiden hätten seine Frau und seine Tochter auf dem Gewissen. Ein eindeutiges Motiv!" Nachdenklich rieb sich Kerkhoff das Kinn.

„Übrigens passierte das auch um diese Zeit herum, kurz vor dem Schützenfest - wenn das keine Parallelen sind", ergänzte Czerlikowski. Er vertiefte sich wieder in die Papiere und las sich fest.

Kerkhoff stieg die Treppen hoch in die erste Etage. Der Fußboden war mit Stäbchenparkett ausgelegt. Er stieß die Tür zum Badezimmer auf. Auf dem Boden lagen gebrauchte Handtücher und schmutzige Wäsche. Kerkhoff ging weiter.

Er betrat einen kleinen Raum, den Rosenberg offenbar als Fernsehzimmer nutzte. Auf der schwarzen Anrichte stand ein Bild, das Frau Rosenberg und die Tochter im Garten auf der Schaukel zeigte. Kerkhoff nahm es in die Hand. Die Kleine hatte lange, blonde Locken. Goldige Engelslocken, dachte er. Sie trug etwas um den Hals. Es war zu klein, als dass es genau zu erkennen war. Es sah wie ein Lebkuchenherz aus. Na klar. Kerkhoff ging zum Fenster und hielt das Foto ins Licht. Für die Schrift bräuchte er eine Lupe. Der Hauptkommissar steckte das Bild ein.

Er blickte sich weiter um. Neben dem Fernseher entdeckte er einen Stapel DVDs. Außer gekauften Spielfilmen lagen viele handbeschriftete Hüllen herum. Daneben fand er eine akribisch geführte Liste mit den Titeln: Goldaus Baustelle in Cuxhaven, in Emden, in Güstrow, Goldau zu Hause, Reiner Muul beim Materialklau, Schwarzarbeiter in Norden ... Rosenberg musste

Goldau und seinen Schwager regelrecht observiert haben. Es fanden sich nicht nur geschäftliche Aufzeichnungen, sondern auch Notizen aus dem privaten und persönlichen Bereich: Familienstand, Körpergröße, Gewicht, Tagesabläufe, Alter, Vorlieben, Hobbies. Kerkhoff betrachtete nachdenklich ein Foto, das Goldau mit Familie zeigte.

Czerlikowski streckte seinen Kopf durch die Tür. Er hielt einen der Ordner in der Hand. „Wir sollten die Kollegen vom Wirtschaftsdezernat hinzuziehen. Es gab bereits Ermittlungen. Teile davon hat Rosenberg auch schon unserem lieben Reporter Kiesel zukommen lassen." Er zitierte aus den Unterlagen: „Arbeitern entging eine halbe Million Euro. Subunternehmer von Goldau zwang seine Beschäftigten, falsche Quittungen zu unterschreiben. Und nun rate mal, wer das Subunternehmen führte?"

„Muul!"

„Richtig! Hier geht es um die Verstrickung der Firma in die Machenschaften von Muuls Unternehmen, das im Baugewerbe vorgeschriebene Mindestlöhne bei einem Projekt in Cuxhaven nicht zahlte. Die ausländischen Arbeitnehmer wurden gezwungen, mehr als zweihundert Stunden im Monat zu arbeiten. Von den angeblichen Gehaltszahlungen, die sie quittieren mussten, sei lediglich die Hälfte wirklich ausgezahlt worden."

Kerkhoff schüttelte den Kopf: „Und warum haben die sich das gefallen lassen?"

„Wer diese Praktiken nicht mitmachte, wurde entweder nicht eingestellt oder musste damit rechnen, in das Heimatland zurückgeschickt zu werden. Das hat der alles gesammelt, der Rosenberg!"

„Ganz schön fleißig!", bemerkte Kerkhoff.

„Fleißig? Das ist schon Besessenheit. Aber alles ganz schön brisant für Goldau. Mindestlohnverstöße und Verstöße gegen das Arbeiterentsendungsgesetz", fasste Czerlikowski zusammen. „Bei entsprechenden Beweisen kann es zu Bußgeldern in Höhe von zwei Millionen Euro kommen."

Während Czerlikowski zurück nach unten ging und sich wieder in die Akten stürzte, begutachtete Kerkhoff weitere Räume. In Rosenbergs Arbeitszimmer fand er etliche Prospekte und Kataloge für Waffen. ‚Rosenberg wird also bewaffnet sein', dachte er. Aus dem Aschenbecher nahm er den Rest eines ausgedrückten Zigarillos und steckte ihn in eine Tüte. Der Geruch kalter Asche strömte ihm entgegen.

43

Norder Landstraße / Katholische Kirche

Bereits von der Kreisstraße aus sah Klaas Rosenberg, dass er Besuch hatte. Das Zivilfahrzeug stand groß und breit in der Auffahrt. Grund genug für ihn, nicht nach Hause zurückzukehren. Er wendete den Benz und jagte über einen Feldweg querfeldein in Richtung Holtgast. Also waren sie ihm auf die Spur gekommen. Auch egal. Hauptsache, er konnte den Schützenkönig seiner gerechten Strafe zuführen.

Was sollte die Kripo bei ihm finden? Seine Flaschensammlung? Belastungsmaterial? Höchstens Belastendes gegen Goldau. Das Wichtigste hatte er bei sich. Er sah auf den Gewehrkasten. Gelassen lenkte er den Wagen über den Mühlenstrich und die Norder Landstraße in Richtung Esens. Er ließ die EWE-Anlage links liegen und bog rechts in den Falkenhammer Weg. Neben dem Schornstein des alten Muschelkalkwerkes parkte er den Kombi. Zunächst lief er zur Reithalle. An der Umzäunung des Außengeländes, auf dem ein kleiner Hindernisparcours aufgebaut war, blieb er stehen. Viele Besucher gelangten auf dem Ostfriesland-Wanderweg zum Schützenfestplatz.

Fünfzig Meter davor patrouillierten zivile und uniformierte Beamte und nahmen die Besucher in Augenschein – ein hoffnungsloses Unterfangen angesichts der strömenden Menschenmassen. Trotzdem würde es schwierig sein, das Gewehr und die Trittleiter durchzuschmuggeln.

Gemächlich trottete er zum Auto zurück.

Es war noch Zeit, der Königsball würde erst in einigen Stunden beginnen. Das bedeutete, dass er jetzt noch nicht losziehen musste. Nervös trommelte er mit den Fingern auf dem Lenkrad und drückte hektisch die Radiosender durch: *Smoke on the water, Bachs Air, Nenas 99 Luftballons* ... Das Warten nervte. Dann entschied er sich: Er zog den blauen Overall an, nahm die Trittleiter und den Gewehrkasten in die Hand. Sechzig Cent steckten abgezählt in der Hosentasche. Den Preis kannte er. Er lief auf die Reithalle zu, folgte dem Lauf des Wanderweges, ging aber nicht zum Schützenplatz, sondern bog in die Straße zur katholischen Kirche ab.

Die Schwingtür war nicht verschlossen, wie immer, wenn er hierher kam, um allein zu sein. Obwohl er nicht katholisch war, schätzte er die Stille im Kirchenschiff.

In der ersten Zeit hatte er nur lethargisch vor dem Marienaltar gesessen und seine Trauer in sich hineingefressen. Stundenlang. Der katholische Priester, der ihn mehrfach dort hatte sitzen sehen, hatte ihn einmal angesprochen, ob er ihm helfen könne. Doch er hatte ihn weggeschickt und gesagt, er wolle nur allein sein, allein mit den Gedanken an seine tote Frau und seine tote Tochter. In den ersten Wochen hatte er fast täglich auf der harten Kirchenbank aus Buchenholz gesessen. Und immer wieder hatte er zwei Kerzen angezündet. Tränen waren an seinen Wangen heruntergelaufen, wenn er an ihre gemeinsamen glücklichen Tage gedacht hatte. Der Tränenstrom war zu einer salzigen Spur auf seiner Haut eingetrocknet, während er regungslos mit leerem Blick oft stundenlang verharrt hatte. Dabei war er in einen tranceähnlichen Meditationszustand verfallen, in dem er andere Besucher gar nicht wahrgenommen hatte, die sich bekreuzigt und ebenfalls andächtig in eine Bankreihe gesetzt hatten.

Später hatte er sich in der Kirche etwas umgesehen. Der Kreuzweg an der linken Wand neben der Eingangstür hatte ihn gefesselt. Fünfzehn Stationen waren auf fünf Lindenholztafeln dargestellt.

Ein faszinierendes Kunstwerk: Reliefartig hatte die Bildhauerin die einzelnen Figuren und Utensilien herausgearbeitet, behauen und glatt geschliffen. Jede einzelne Station hatte er mit geschlossenen Augen nachgefahren, weil er in einer Kladde, in der die Besucher ihre Eindrücke über das Kunstwerk niederschrieben, die Bemerkung gelesen hatte, auch Blinde könnten diesen Kreuzweg mit ihren Händen „sehen".

Besonders die vierte Station hatte es ihm angetan. Es zeigte die Jesus-Mutter, die als starke Frau dargestellt wurde, denn schließlich wollte sie den Leidensweg ihres Sohnes nicht dadurch verschlimmern, dass auch sie vor seinen Augen zusammenbrach. Im Gegenteil, gerade in dieser Stunde musste sie mit ihrer Größe und ihrer Kraft seine Leiden verringern. Erst hinterher würde sie zusammenbrechen, hinterher, nachdem alles vorbei war; so, wie auch er zusammengebrochen war …

Er stellte seine Last an die gegenüberliegende Wand und zählte die Geldstücke in den Spendenkasten für die Opferkerzen. Zwei Kerzen. Seine Tränen konnte er wieder nicht unterdrücken. Mit der Rechten wischte er sie trotzig aus den Augen.

Eine Hand legte sich auf seine Schulter. Wortlos nickte ihm der Pfarrer zu. Er war unbemerkt herangekommen. Als Klaas nicht reagierte, zog er sich ebenso leise, wie er gekommen war, wieder zurück. Sein

Gesicht zeigte keine Tränen mehr. Er starrte ins Leere und blickte entschlossen. Er sah auf die Uhr. Es war Zeit.

Abrupt stand Klaas auf.

Schulzentrum / Erlebachstraße

Das laute Knallen schreckte Hinrich Schröder aus seinem weinschweren Schlaf auf. Verwirrt stand er auf. Vorsichtig, ganz vorsichtig lugte er aus dem Fenster. Von dort konnte er den ganzen Schulhof einsehen. Eine Flasche Bier flog an die Steinmauer der Überdachung und zerplatzte. Unzählige Glasscherben bedeckten schon das Pflaster. Vier Jugendliche traten die Schieferplatteneindeckung der Wandbegrenzung zum Schulhof ein. Sie torkelten stark. Nun zogen sie johlend weiter, rissen zwei Sträucher heraus und hängten sich zu zweit an den Basketballkorb, der nach kurzer Zeit ihrem Wippen nachgab und abknickte.

‚Auch eine Seite des Schützenfestes', dachte Hinni. Die Jugendlichen glühten zu Hause und auf dem Weg zum Festplatz vor. Das schonte ihr Taschengeld, denn die teuren Getränke im Bierzelt konnten sie sich nicht leisten. Ihre Bierflaschen brachten sie in Rucksäcken mit.

Ein letzter Stein flog gegen eine Scheibe. Dann zogen die Jugendlichen weiter. Sie gingen über den Schotterweg zur Wohnsiedlung hinüber. Während sich drei von ihnen balgten und gegenseitig in die Büsche schubsten, stieß der vierte eine von Bürgern gestiftete Sitzbank um.

Hinni wandte sich ab und packte seine Sachen. Klänge einer Schützenkapelle drangen an sein Ohr.

Sie holten einen der zahlreichen wichtigen Schützenfunktionäre ab, um ihn zum Festplatz zu begleiten.

Hinni überlegte, wie er selbst ungehindert dorthin kommen könnte.

Die Polizei würde sicherlich die Eingänge abriegeln. Er musste sich dringend etwas einfallen lassen. Hinni schulterte seine Habseligkeiten und ging den Weg zurück, den er gekommen war. Er trat aus dem Hintereingang und drückte die Tür zu. Um kein unnötiges Aufsehen zu erregen, bewegte er sich langsam vom Schulgelände weg, ging ebenfalls über den Schotterweg, auf dem die betrunkenen Jugendlichen verschwunden waren, und lief an den Häusern der Siedlung vorbei.

Die Vorgärten waren eigens für das Stadtfest hergerichtet worden. Alles musste gepflegt aussehen. Die Hecken waren geschnitten und der Rasen gemäht. In der Zeitung war bereits letzte Woche angekündigt worden, dass der Strauchplatz zur bequemen Entsorgung des Gestrüpps an weiteren Terminen geöffnet sei.

Hinrich Schröder blieb an einem großen Busch stehen, um Deckung zu haben. Er überblickte von hier mehrere Straßen. In einigen Gärten stieg weißer Qualm hoch. Die Nachbarn trafen sich, um mit gegrillten Würsten und Koteletts eine gute Grundlage für das geplante Besäufnis zu schaffen.

Hinni hielt das Handy ans Ohr. Er musste wissen, ob es seiner Schwester und den Kindern gut ging, selbst auf die Gefahr hin, dass die Polizei das Telefon orten könnte. Es klingelte lange. Aus den Augenwinkeln sah er auf dem angrenzenden Grundstück eine Frau aus der Terrassentür treten. Er trat einen Schritt zurück, um nicht gesehen zu werden. Sie legte eine gebügelte Hose über die Lehne eines Gartenstuhls und bürstete eine grüne Schützenjacke ab.

Plötzlich begann sie zu kreischen: „Heinz!!!“ Niemand antwortete. Sie lief mit der Jacke in der Hand zur Grundstücksgrenze und rief in Richtung der Grillgemeinde: „Heinz! Du musst gleich los!“

Vom übernächsten Nachbarhaus dröhnte Heinz zurück: „Jaaahaaa!! Ich habe doch noch Zeit genug. Eben austrinken. Fünf Minuten!“

„Mir ist das egal. Aber nicht, dass es wieder an mir liegt, wenn du zu spät kommst!“

Nachdem Heinz noch ein „Ja doch!“ herübergerufen hatte, ging sie zurück, legte auch die Jacke über die Lehne und verschwand wieder im Haus.

„Dies ist der Anschluss von Marie Schröder. Leider bin ich im Moment telefonisch nicht zu erreichen. Aber wenn …“

Nein, Hinni wollte keine Nachricht auf Band hinterlassen. Er schaltete das Handy aus und steckte es ein. Vorsichtig schaute er sich nach allen Seiten um, sprang dann schnell über den Zaun und ging auf die Terrasse zu.

Polizeiwache Esens

Schwer bepackt betraten Kerkhoff und Czerlikowski ihr Büro. Sie knallten einen Teil der beschlagnahmten Unterlagen auf ihre Schreibtische. Der Staub wehte in alle Richtungen davon. Das Telefon läutete. Czerlikowski ging ran.

„Der Kollege Kerkhoff? Nein, der ist im Moment nicht da", log Czerlikowski, blickte zu Kerkhoff und zeigte mit dem Finger an die Decke, was heißen sollte, dass ihr Vorgesetzter am anderen Ende war. „Kann ich etwas ausrichten, wenn er kommt? … Soll sich melden, jawoll, …wegen Verlust der Dienstwaffe, jawoll … Sonst noch was?" Plötzlich hielt er das Telefon etwas vom Ohr weg. Offenbar wurde am anderen Ende gebrüllt. „… Nein, Sie haben recht, das reicht vollkommen. Ich werde es ausrichten!" Czerlikowski legte auf und verdrehte die Augen. „Der Korinthenkacker. Haste ja mitbekommen, oder? Es gibt Ärger wegen der Waffe. Leichtsinniges Handeln und so; er wolle die Verantwortung nicht übernehmen."

„Na, das ist klar. Wäre auch das erste Mal gewesen, dass der sich schützend vor seine Mitarbeiter stellt", erwiderte Kerkhoff und setzte sich angewidert an den Schreibtisch. Er nahm das Foto, das er in Klaas Rosenbergs Haus gefunden hatte, in die Hand und durchsuchte die obere Schublade seine Schreibtisches: „Du, sag mal, hast du die Lupe bei dir herumliegen?"

„Lupe?“ Czerlikowski sah sich suchend um. „Vielleicht nimmst du die da.“ Er deutete neben den Telefonhörer.

Während Czerlikowski die Akten ordnete, betrachtete Kerkhoff das Foto. Er hatte Glück. Er konnte die Schrift entziffern: „Bingo! Sieh mal! Die kleine Tochter von Rosenberg hat auch ein Lebkuchenherz um.“

Czerlikowski wechselte an Kerkhoffs Schreibtisch und blinzelte ebenfalls in das Vergrößerungsglas. Auch er entdeckte die winzige Schrift: „*Goldie!* Der Rosenberg nannte seine Tochter ‚Goldie‘! Unser Goldau ist damit also nicht gemeint. Die Schriften auf den Lebkuchen bei den Anschlägen *Für dich, Goldie!* haben dann doch wohl die Bedeutung, dass die Tat, der Mord, ein Racheakt ist. Ein Racheakt für den Tod seiner Tochter, für den er Goldau und vermutlich auch Muul verantwortlich macht. *Für dich, Goldie!* Es handelt sich dabei also um Vergeltung. Ich denke, dass auch der DNA-Abgleich mit dem Zigarillo, den wir am Bau fanden, ein Indiz für Rosenbergs Tatbeteiligung sein wird; darauf wette ich!“

„Und beim Mord an Muul handelt es sich nicht um eine Verwechslung mit seinem Chef, nein, Muul war selbst gemeint. Und nun ist Goldau dran. Das Herz hat er schon bekommen! Der Brandanschlag galt ihm.“ Kerkhoff fühlte, dass sie einen Schritt weitergekommen waren. „Aber welche Rolle spielt dieser Verrückte dabei, dieser Hinrich Schröder?“

„Gute Frage, nächste Frage“, meinte sein Kollege.

Wieder läutete das Telefon.

„Ja“, meldete sich diesmal Kerkhoff, wohl eine Nuance zu barsch.

„Meine Güte, was für ein Ton bei euch“, entgegnete Willi Wedell. „Du solltest besser zum Bund gehen!“

„Du fehlst mir noch zu meinem Glück“, sagte Gerrit Kerkhoff, schon um einiges ruhiger. „Wir müssen einen Mord aufklären. Da hab ich keine Zeit zum Quatschen … tut mir leid!“

„Quatschen, wer redet denn von Quatschen. Ich wollte wichtige Informationen loswerden, damit ihr nicht den Falschen verfolgt, ihr Superbullen“, spottete Willi. „Ich habe mich mal ein wenig umgehört.“

„Aha“, sagte Kerkhoff nur, denn Willi kannte jeden und jeder kannte Willi, und er wollte ihn nicht ganz verprellen. Bei Willi konnte man nie wissen. „Dann schieß man los, du Informant!“ Kerkhoff drückte die Taste zum Lauthören und deutete mit dem Zeigefinger darauf. Czerlikowski hörte aufmerksam mit.

„Nicht so ein Wort“, verwahrte sich Willi. „Das klingt fast wie ‚Denunziant‘. Schon schlimm genug, dass ich dich als Oberbullen überhaupt kenne. Also, das bleibt unter uns, ja? Nicht, dass mir einer nachsagt, ich erzähle alles brühwarm bei der Polizei!“

„Nun los, Willi, ich muss weiter“, drängelte Kerkhoff.

„Viel ist es nicht, aber ich meine, dass ich Hinni Schröder am Steuer eines Bullis einer Windenergiefirma gesehen habe. Er fuhr in Richtung Nordring, kam von Hartward.“

„Ja, er ist uns wieder durch die Lappen gegangen“, gab Kerkhoff zu. „Blöde Situation! Ich möchte nur wissen, was in dem vorgeht. – War’s das oder haste noch etwas?“ Er fühlte, dass noch mehr kam, dazu kannte er Willi lange genug.

„Langsam mitte jungen Pferde!“ Willi konnte einen zur Weißglut bringen. Doch dann sagte er: „Reiner

Muul hat Hinnis Schwester angebaggert. Ja, nicht nur das, er muss wohl richtig zudringlich geworden sein – gegen ihren Willen, wenn du verstehst, was ich meine."

„Dann hat sie das blaue Auge also von Muul?", fragte der Hauptkommissar.

„Man spricht so!", orakelte Willi Wedell. „Wenn Hinni das herausbekommen hat, dann ..." Er brach ab.

„Dann hätte er ihn fertiggemacht oder was wolltest du sagen?", hakte der Hauptkommissar nach.

„Ja, schon. Bei solchen Sachen versteht Hinni überhaupt keinen Spaß. Seine Schwester ist ihm absolut heilig. Und wenn es sich dabei um eine halbe Vergewaltigung handelt ... oha. Aber dennoch. Den Muul hat er nur zufällig dort auf der Baustelle getroffen, denk ich. Dann wäre es allenfalls eine Affekthandlung gewesen."

„Wieso denn das? Hinni Schröder hätte doch den Reiner Muul zur Baustelle locken und dort erschlagen können!", konstatierte Kerkhoff.

„Das passt nicht!"

„Wie, das passt nicht?" Kerkhoff reagierte gereizt. Die Zeit lief ihm davon und Willi hielt ihn mit Mutmaßungen auf.

„Weil es nicht passt. Ich habe nämlich außerdem gehört, dass Hinni abends noch einen ... na, wie soll ich es nennen? Er hatte noch einen Termin, er musste ..." Willi druckste herum und brach ab. Man merkte, dass ihm das Gespräch unangenehm war.

„Schwarzarbeit, nicht wahr? Ich habe auch schon so etwas läuten hören, weiß aber nichts Genaues. Weißt du etwas?"

„Pfff ..." Willi pustete gequält ins Telefon.

„Willi, raus damit!" Kerkhoff wurde laut.

„Ja, mein Gott, ja! Hinni Schröder hatte abends noch eine andere Baustelle, schwarzweiß. So, nun ist es heraus. Die Mutter von Silvio Resch. Kleiner Anbau. Viel verdienen konnte Hinni da nicht; glaub ich jedenfalls nicht. Das war eher so eine kleine Gefälligkeit."

„Du musst Schröders Schwarzarbeit nicht rechtfertigen. Das kümmert uns einen Scheißdreck", fuhr Kerkhoff auf.

„Das weiß ich, das weiß ich. Sonst hätte ich auch nicht angerufen und das erzählt. Ich denke nur, dass Hinni in diesem Falle wohl kaum zusätzlich einen Mord an Muul geplant hätte, wenn er noch arbeiten wollte. Also, ich habe außerdem gehört, dass Hinni mit Silvio Resch telefoniert hat. Er sagte Silvio, dass er noch einmal zur Baustelle am Thunumer Weg müsste, weil er dort Werkzeug vergessen hatte. Werkzeug, das er eben abends noch brauchte und dass er deshalb etwas später kommen würde."

Kerkhoff überlegte.

„Biste noch dran?", fragte Willi.

„Hm", brummelte Gerrit Kerkhoff zurück, nun allerdings wesentlich zahmer.

„Ich möchte dich herzlich bitten, das für dich zu behalten. Ich habe einen Ruf zu verlieren und mir geht es nur um die Entlastung von Hinni."

„Ja, kannst dich drauf verlassen. Das sind gute Infos, Willi, danke. Damit hilfst du uns wirklich weiter. Aber entlastet ist der Schröder damit noch nicht. Wenngleich deine These, er sei zufällig mit Muul auf dem Neubau zusammengetroffen, was für sich hat. Vielen Dank aber trotzdem für deine Mühe, Willi. Wenn das hier vorbei ist, habe ich hoffentlich mehr Zeit. Dann gehen wir mal wieder einen heben. Mach's gut, alter

Mann." Kerkhoff legte auf und blickte seinen Kollegen Czerlikowski an.

„Bleibt immer noch zu klären, warum der Muul in voller Schützenuniform auf der Baustelle war. Vielleicht kann der Goldau etwas dazu sagen; den müssen wir sowieso noch einmal interviewen." Czerlikowski packte seinen Notizblock in die Jackentasche.

„Gute Idee! Dabei sollten auch noch die letzten Handygespräche gecheckt werden", meinte Kerkhoff. „Und sag ihm, er soll vorsichtig sein. Ich denke, Rosenberg oder Schröder oder gar beide werden es noch einmal versuchen. Wir sollten dabei den Königsball im Auge haben. Darauf müssen wir vorbereitet sein."

„Während ich Goldau befrage, solltest du die Kollegen zusammentrommeln, damit wir unser Vorgehen für diesen Höhepunkt des Schützenfestes vorbereiten. Das wird eine heikle Angelegenheit, Gerrit. Und informiere die Kollegen für Wirtschaftskriminalität. Die können auch ein paar Mann abstellen."

Kerkhoff nickte. Wenn das in die Hose ging, konnte er einpacken. Er war in der Zwickmühle. Sagte er das Schützenfest ab, hatte er die ganze Stadt einschließlich der querköpfigen Schützen gegen sich. Außerdem konnte er Goldau wohl kaum gegen seinen Willen vom Schützenplatz fernhalten, geschweige denn festnehmen.

Ließe er alles laufen, konnten sie den Täter gegebenenfalls festnehmen, wenn es gut ging. Wenn nicht, dann hatte er neben den Vorgesetzten auch noch die Öffentlichkeit am Hals. Die verbrauchte Luft im Büro trug dazu bei, dass sich die Schweißperlen auf seiner Stirn vermehrten. Er öffnete ein Fenster.

Dann steckte der Kollege Peters seinen Kopf zur Tür herein: „Fahndung nach den Verdächtigten läuft, Chef!"

„Okay. Sag allen Kollegen und Kolleginnen Bescheid, dass wir uns in zwei Stunden hier im Besprechungszimmer treffen. Außerdem brauchen wir auch hier Verstärkung. Das kannst du gleich mit übernehmen. Und Kaffee kochen, mehrere Kannen voll. Das wird ein langer Tag und eine noch längere Nacht!" Jetzt spulte Kerkhoff sein Repertoire ab. Jetzt funktionierte er.

„Und tschüss ..." rief Czerlikowski, als er die Tür öffnete und sich auf den Weg machte.

„Jo, tschüss und Waidmannsheil!"

Kerkhoff griff zum Telefon.

Jahnstraße / Schützenplatz

Klaas Rosenberg trat aus der Kirche ins Freie. Die Sonne blendete. Vom Nachbargrundstück wehte der Duft frischgeschnittenen Grases herüber.

„Tolles Wetter, was?“ Der Pfarrer kam ihm über den Hof entgegen. „Man könnte meinen, die Esenser Schützen hätten einen Pakt mit dem lieben Gott!“

‚Oder mit dem Teufel‘, dachte Klaas, ‚einige der Schützen jedenfalls.‘ Dann erwiderte er unverfänglich: „Sie haben recht. Beim Esenser Schützenfest scheint jedes Jahr die Sonne und eine Woche später bekommen die Wittmunder Schmuddelwetter für ihr Fest.“

„Das scheint so, aber als Pfarrer halte ich mich lieber aus diesen Regionalstreitigkeiten heraus. Müssen Sie noch arbeiten?“, fragte er Klaas und deutete auf die Leiter.

„Ja, könnte man so sagen. Ich muss auf den Schützenplatz.“

„Das trifft sich gut. Wir können doch ein Stück zusammen gehen, denn ich habe auch noch dort zu tun. Ich nehme dieses Fest gerne wahr, um einige katholische Schaustellerfamilien zu besuchen, als Seelsorger. Soll ich Ihnen tragen helfen?“

Ohne die Antwort abzuwarten, ergriff der Geistliche den Gewehrkasten, den Klaas nur zögernd losließ. Er war verdutzt, erkannte dann aber die große Chance.

„Na, dann.“ Forschen Schrittes ging der Pfarrer los und freute sich, endlich einmal einen Zugang zu dem schweigsamen Besucher seiner Kirche gefunden zu haben. Das Gespräch beschränkte sich auf Belanglosigkeiten. Je näher sie der Polizeikontrolle kamen, desto stärker schwitzte Klaas Rosenberg. Das Gedränge nahm zu, ebenso die ungeduldigen Bemerkungen der Besucher wegen der Schlangen bei der Kontrolle.

„Ah, Ludwig Buss. Hast du heute Dienst?" Der Pfarrer schlug dem jungen Polizisten freundschaftlich auf die Schulter, während er sich zu Klaas umdrehte und erklärte: „Ludwig kenne ich schon, seitdem er so groß war!" Dabei deutete er mit der rechten Hand eine Höhe von einem Meter zwanzig an. „Er war damals im Ferienlager einer der Mutigsten."

„Hallo", sagte Rosenberg freundlich, während der Polizist unsicher lächelte.

„Sind Sie auch noch im Einsatz?", fragte Ludwig Buss freundlich.

Der Pfarrer lachte. „Im Einsatz für den Herrn, so könnte man sagen. Ja, wir haben beide auf dem Platz zu tun, aber nun wollen wir den Laden hier nicht unnötig aufhalten. Mach's gut, Ludwig."

Nach dreißig Metern bleib der Geistliche am Kinderkarussell stehen: „So, ich muss nun hinter die Kulissen. Dann machen Sie es mal gut. Und nicht so viel arbeiten! Tschüss!"

„Stopp!", rief Klaas dem davoneilenden Pfarrer hinterher. „Mein Kasten!"

„Ach du liebe Güte, wo habe ich nur wieder meinen Kopf! Hier, bitte." Er kam Klaas einige Schritte entgegen. Der bedankte sich und sah dem Pfarrer nach, der eine Trennwand verrückte und zwischen zwei großen Wohnwagen verschwand.

Klaas Rosenberg wischte sich die Schweißperlen von der Stirn. Auf dem Schützenplatz war er nun schon mal, das hatte sehr gut geklappt. Nun musste er zusehen, wie er die Zeit bis zum Beginn des Schützenballs herumbekam. Es war ihm klar, dass er jetzt noch nicht auf das Dach des Schützenhausanbaus klettern konnte. Die Gefahr, entdeckt zu werden, war einfach zu groß. Klaas blickte sich um.

47

Schulzentrum

Nachdem sich Hinrich Schröder die Schützenjacke und die passende Hose geschnappt hatte, verließ er den Garten auf dem Weg, auf dem er gekommen war. Aus der Richtung, aus der Heinz, der Besitzer dieser Kleidung, seiner Frau vorhin etwas zugerufen hatte, dröhnte nun der laute Gesang angetrunkener Männer. Hinni machte sich eilig davon.

Er kehrte in sein Versteck in der Schule zurück. Hier kleidete er sich um. In die Innentasche der Schützenjacke steckte er die Pistole, die er dem Hauptkommissar abgenommen hatte. Sie sollte notfalls die Eintrittskarte in das Schützenzelt sein.

Nun durchsuchte er die anderen Taschen. In der rechten Innentasche steckten Freikarten für verschiedene Fahrgeschäfte, Pinkelkarten der *Schwarzwaldkate* und die Königskette eines Kegelclubs, dessen bester Schütze anscheinend Heinz war, der Besitzer des Schützenanzugs, denn sein Name war als Letzter eingraviert worden. Hinni wusste, dass die Schützen- und Vereinskönige diese Königsketten mit einer gewissen Eitelkeit gerne zur Schau stellten. Aber daraus würde nichts werden, zumindest nicht in diesem Falle für diesen Heinz.

In einer Hosentasche entdeckte Hinni ein sorgsam zusammengefaltetes weißes Taschentuch, das drei Fünfzig-Euro-Scheine enthielt, die Heinz seiner Ehefrau wahrscheinlich vorenthalten hatte. Etliche Orden klimperten an der grünen Jacke, als Hinni sie überzog.

Ein Schauer lief ihm über den Rücken. Er hasste Uniformen, von jeher. Am Bauch war das gute Stück etwas weit, aber an den Schultern und von der Armlänge reichte es.

Die Hose saß zu locker. Mit der Messerspitze bohrte Hinni ein neues Loch für die Schnalle in den Ledergürtel. So weit, so gut.

Die dunklen Schuhe waren zwar nicht der letzte Schrei, aber ansonsten in Ordnung. Nun fehlten nur noch weiße Handschuhe und ein grüner Schützenhut für die vollständige Verkleidung. Auf die Handschuhe würde er verzichten und eine passende Kopfbedeckung ließ sich auf dem Schützenplatz noch besorgen; er musste lediglich nach einem betrunkenen Schützen Ausschau halten, der den Hut abgelegt hatte, und unauffällig zugreifen.

Hinni trank einen Schluck. Er fühlte seinen leeren Magen. Als Erstes musste er sich auf dem Platz etwas zu essen kaufen. Er gähnte und sah auf die Uhr. Bis zum Königsball dauerte es nicht mehr lang.

‚Hoffentlich reicht meine Verkleidung, um dicht genug an Goldau heranzukommen', dachte Hinni.

48

Schützenplatz

Klaas Rosenberg atmete tief durch. Durch die Kontrolle zu kommen, war leichter gewesen als gedacht. Er hielt es für eine göttliche Fügung. Durch die Straße vor den Jahrmarktsbuden und den Fahrgeschäften schob sich auf der einen Seite ein Besucherlindwurm langsam vorwärts, während ihm ein weiterer Lindwurm gemächlich entgegenkam. Dicht an dicht drängten sich die Menschen im Schritttempo langsam vorwärts, blieben stehen, verursachten dadurch Staus, die sich nur langsam auflösten.

Klaas stand am Rand der Straße bei einer Puffreisbude. Grelle Blitze und Scheinwerfer erhellten die Szenerie, begleitet vom dumpfen Dröhnen der Lautsprecher, deren Bässe den Rhythmus der Herzschläge vorgaben. Mit nasalen Stimmen lockten Schausteller Gäste in ihre Geschäfte, und Losverkäufer in langen, weißen Kitteln boten ihre Nieten in roten Plastikeimern an. Man konnte einen riesigen, gelb-schwarzen, staubmilbenanziehenden Plüschtiger gewinnen. Aus kochenden Töpfen duftete es nach orientalischen Gewürzen, etwas weiter roch man verbrannten Oregano an einer Pizzabude, der vom Aroma in Fett gebackener Berliner abgelöst wurde.

„Moin, Klaas!" Aus der Mitte des Besucherstroms brüllte sein Nachbar Harm Freese herüber. „Wir stehen am *Schwarzwaldhaus*. Die ganze Nachbarschaft – also nichts wie hin. Bis dann! Hast du die Königskette dabei?"

„Jo", rief Klaas zurück, deutete auf die Hemdtasche und versuchte ein Lächeln. „Ich komme gleich nach!"

Seinem Nachbarn schien diese Antwort zu genügen, denn er suchte weiter seinen Weg durch das Getümmel. Klaas schaute ihm hinterher. Dann trat er aber noch einen Schritt zurück und stand nun mit dem Rücken am Durchgang zwischen zwei Ständen. Die seitlichen Aufbauten verdeckten ihn jetzt etwas mehr. Er selber aber konnte von hier aus die Länge des Jahrmarktovals gut überschauen.

Zwei Uniformierte patrouillierten entgegen dem Besucherstrom und blickten suchend durch die Menschenmassen.

„Darf ich einmal durch?"

Verdutzt sah sich Klaas um. Ein Schütze ohne Hut kam von der rückwärtigen Seite, wo die Standbesitzer ihre Wohnwagen abgestellt hatten. Der Mann sah etwas schmuddelig aus und passte so gar nicht zum adretten Bild, um das sich die Schützen normalerweise bemühten.

Klaas fiel auf, dass die Schuhe ganz verdreckt waren: Der Mann musste durch den feuchten Vorgarten des angrenzenden Grundstücks gelaufen sein. Warum hatte er nicht den normalen Weg zum Schützenplatz gewählt und warum hatte er keinen Hut auf?

„Na klar!" Klaas trat einen Schritt zurück, woraufhin der Mann sich bedankte. Er rümpfte die Nase, als der Schütze sich dicht an ihm vorbei ins Getümmel stürzte. Er roch stark nach Schweiß, so als hätte er sich tagelang nicht gewaschen. Es dauerte nicht lange, da war der Schütze aus dem Blickfeld verschwunden.

Klaas überlegte. Irgendwoher kannte er den Mann. Klar doch. Einer von Goldaus Bauarbeitern.

Klaas fasste entschlossen die Trittleiter und den Kasten. Dann reihte er sich ebenfalls in den Menschenstrom ein. Hier und da stießen sich Leute an der Leiter und warfen ihm böse Blicke zu. Es war ihm egal. Er hatte sein Ziel und er marschierte darauf los.

Polizeiwache Esens

Hauptkommissar Gerrit Kerkhoff hielt die Besprechung kurz. Wie seine Kollegen rechnete auch er heute mit einem erneuten Anschlag des Täters auf den Bauunternehmer Goldau. Der Täter würde bewaffnet sein.

„Sorry, ging nicht eher." Czerlikowski setzte sich auf den freien Stuhl direkt gegenüber von Kerkhoff. „Bis ich den Goldau am Wickel hatte, dauerte es seine Zeit. Ich habe ihn dann im Schützenhaus angetroffen und dort in einem Nebenraum befragen können. Zunächst war er ziemlich zugeknöpft. Doch als ich durchblicken ließ, dass wir einige interessante Unterlagen über seine Geschäftspraktiken gefunden haben, wurde er kooperativer."

„Wie geht es seiner Frau? Kümmert er sich um sie?", fragte Kerkhoff dazwischen.

„Sie wurde wegen der Verbrennungen in eine Spezialklinik geflogen. Goldau macht auf *business as usual*. Die scheinen nicht grad ein Herz und eine Seele zu sein", berichtetet Czerlikowski.

„Kaffee?" Ohne die Antwort abzuwarten, goss Peters ein. „Milch?"

„Danke, genau das Richtige!", sagte Czerlikowski und fuhr in seinem Bericht fort: „Goldau erzählte, dass sie kurz vor dem Mord im Büro einen Anruf bekommen hätten. Er hätte dort mit Muul zusammengesessen, um einige wichtige Termine abzuarbeiten. Sie hatten kurz zuvor zu Hause den Schützenanzug angezogen, da beide anschließend zum Repräsentieren ins Schützenhaus gemusst hätten. Muul natürlich auch, denn er ist ... äh ... er war Goldaus Adjutant. Also, kurz bevor es losgehen sollte, bekamen sie einen Anruf. Muul nahm ihn entgegen. Er wäre zunächst ganz still gewesen und hätte Goldau dann herangewinkt, damit der mithören konnte. Goldau erzählte, der Anrufer hätte etwas von Unregelmäßigkeiten bei Materiallieferungen gesagt, sprach von angeblichem Betrug und verlangte ein sofortiges Treffen am Neubau, also am späteren Tatort."

„Aber dort ist doch Goldau anscheinend nicht gewesen, oder? Warum erschien der Reiner Muul allein am Neubau?", fragte Kerkhoff.

„Zunächst wollten beide hinfahren, aber weil es schon recht spät war, hatte Muul gemeint, Goldau solle den Schützentermin wahrnehmen und er wolle sich um die Angelegenheit auf dem Bau kümmern. Damit würde er schon fertig werden." Czerlikowski machte eine kleine Kunstpause und blätterte eine Seite in seinem Notizblock um.

„Sagte Goldau etwas dazu, wer der Anrufer war?" Kerkhoff schob seine Tasse in Peters' Richtung.

„Nein, er vermutete ein Gespräch von einem Handy, da es leichte Verbindungsstörungen gab. Die Nummer wurde nicht angezeigt." Czerlikowski blickte in die Runde, als erwarte er Fragen zu seinen Recherchen.

„Hatte er Vermutungen, wer dahinterstecken könnte? Hinrich Schröder vielleicht?", mischte sich der Kollege Peters ein, während er dem Hauptkommissar eine volle Tasse zurückschob. Gleichzeitig stellte er die Kaffeekanne, das Milchkännchen und die Zuckerdose weiter zur Mitte des Tisches als Zeichen dafür, dass die Kollegen ab jetzt ihre Tassen selber füllen konnten.

„Diese Frage verneinte er entschieden. Seinen Vorarbeiter hätte er sofort erkannt. Dessen Stimme hätte er schon in allen Varianten genießen dürfen, meinte er. Nein, Schröder ist auszuschließen. Er hat aber einen Verdacht, war sich jedoch nicht sicher!" Wieder machte Czerlikowski eine Pause.

„Und? Weiter?", drängelte Kerkhoff.

„Wie gesagt, Goldau ist sich nicht sicher, aber er würde auf Klaas Rosenberg tippen. Der hätte sich zwar in der letzten Zeit nicht mehr so häufig gemeldet. Aber als es damals die Auseinandersetzung um den Tod seiner Frau und seiner Tochter gab, wären Goldau und Muul des Öfteren von Rosenberg am Telefon als Mörder beschimpft und auch bedroht worden."

Es entstand wieder eine Pause, in der die Anwesenden die Informationen sacken ließen.

Die Sekretärin öffnete die Tür: „Telefon! Bitte beim Chef zurückmelden, dringend!", sagte sie zu Kerkhoff, drehte auf dem Absatz und verschwand wieder durch die Tür.

„Äh ... ja, später", rief Kerkhoff ihr hinterher. „Ich habe etwas Wichtigeres zu tun, als mich mit dem Chef wegen dieser blöden Waffe herumzustreiten."

„Apropos. Wir sollten dringend davon ausgehen, dass Schröder bewaffnet ist. Das dürfen wir nicht vergessen!", mahnte Czerlikowski.

„Das ist wohl wahr!" Kerkhoff verzog das Gesicht. Er ärgerte sich immer noch über den Verlust. Dass es Schröder gewesen war, der ihn niedergeschlagen hatte, das war ihm mittlerweile klar. Die Kollegen hatten den Hochsitz gründlich durchsucht und genügend verwertbare Spuren und Fingerabdrücke gefunden.

Was dachte der Schröder sich dabei? Was wollte er mit der Waffe? Der ritt sich doch immer tiefer in den Abgrund.

Leider hatte die Untersuchung der Eisenstange, mit der Muul niedergeschlagen worden war, nicht viel ergeben.

„Gut, dann lasst uns die Fakten zusammentragen und einige Vermutungen über den Tathergang stellen", meinte Kerkhoff.

Jahnstraße / Taubenkamp / Schützenplatz

Hinrich Schröder fühlte sich ohne den Schützenhut etwas nackt. Er ging an dem Haupteingang zum Schützenplatz vorbei und entdeckte die stichprobenartigen Kontrollen von Polizei und Sicherheitsdienst. Das Risiko, mit der Waffe hier erwischt zu werden, wollte er lieber nicht eingehen.

Er überlegte, während er die Bahnhofsstraße weiter hochlief, welche Möglichkeit es noch gab, auf den Platz zu kommen.

„Vorsicht!" Eine jugendliche Radfahrerin machte ihn mit ihrem Ausruf deutlich, dass er sich nicht auf dem abgegrenzten Teil des Bürgersteigs befand, der für Fußgänger vorgesehen war.

„Sorry!" Hinni trat schnell einen Schritt zur Seite. Wie er sah, kam die Radlerin jedoch nicht weit, denn kurz darauf musste sie sich wieder bemerkbar machen, da andere Passanten dicht gedrängt ihren Weg zum Schützenfest suchten und dabei auch auf dem Radweg liefen. Hinni ging jetzt gegen den Strom. Immer wieder wurde er angerempelt, das blieb gar nicht aus.

Sein Plan war, über die geschotterte Straße Am Schützenplatz von der rückwärtigen Seite durch die geparkten Schaustellerwagen auf den Platz zu gelangen. Aber auch an diesem Weg wurde kontrolliert. Die Polizei schlief nicht, so viel stand fest.

Hinni überlegte. Er kannte die Umgebung sehr gut.

Viele Häuser dieses Viertels waren von *Schneider-Bau* in den vergangenen Jahren hochgezogen worden. Zu dieser Zeit hatte der Baubetrieb noch dem Unternehmer Goldau selber gehört, aber nach seiner Pleite hatte der alles auf den Namen seiner Frau überschrieben. Die Gläubiger und die Arbeiter hatten mit ihren Geldforderungen in die Röhre geguckt.

Goldau hatte das wohl für einen ausgezeichneten Schachzug gehalten, aber Hinni wusste, dass es mittlerweile zwischen dem Ehepaar Goldau nicht mehr so gut lief. Zufällig hatte er einer handfesten Auseinandersetzung dieser beiden beigewohnt. Da waren die Fetzen geflogen, und Goldau hatte kräftig hingelangt, bis Hinni dazwischengegangen war und seinen Chef festgehalten hatte. Er hatte ihn energisch zur Seite geschoben und sich um Frau Goldau gekümmert. Das Blut war ihr aus der Nase geflossen. Hinni hatte Goldau angebrüllt, er solle verschwinden, andernfalls würde er ihm die Knochen brechen. Frau Goldau hatte ihn dankbar angeschaut; Hinni hatte ihr aufgeholfen und ihre Verletzungen versorgt. Sie musste ordentlich getrunken haben, denn sie war äußerst wackelig auf den Beinen gewesen und hatte eine starke Fahne gehabt.

Hinni hatte die Polizei rufen wollen, aber nicht mit der massiven Gegenwehr von Goldau gerechnet. Beide Streithähne hatten erhebliche Blessuren bei dieser körperlichen Auseinandersetzung erlitten. Erst als Frau Goldau mit einem herbeigerufenen Taxi zu ihrer Schwester abgefahren war, hatte sich die ganze Situation etwas beruhigt.

„Das bleibt unter uns!", hatte Goldau hart gesagt, worauf Hinni sich wortlos umgedreht hatte und gegangen war.

Gegen Abend war Goldau vor Hinnis Landarbeiterhaus in Barkholt aufgetaucht. Er hatte ihm einen Schein in die Hemdtasche gestopft und die Hand ausgestreckt. „'tschuldigung", hatte er nur gesagt, „mir sind die Sicherungen durchgebrannt. Es tut mir leid! Bitte, behalte die Angelegenheit für dich. Es wäre nicht gut, wenn das öffentlich wird!"

„Ich bin nicht käuflich", hatte Hinni barsch entgegnet.

„Ich weiß, leider." Goldau hatte ein Lächeln versucht. „Behalt das Geld trotzdem!"

„Wer eine Frau schlägt, ist ein Schwein." Hinni hatte Goldau den Schein zurückgeben wollen, aber der hatte sich bereits umgedreht und die Autotür geöffnet.

„Behalt es für dich, tu es für deine Kollegen. Geht es der Firma schlecht, geht es den Kollegen schlecht. So einfach ist das!" Goldau hatte die Autotür zugeknallt und war davongerast.

Hinni hatte dem Wagen hinterhergesehen. „Ja, so einfach ist das. Für dich ist immer alles so einfach!"

Seither hatten sie nie wieder über den Vorfall gesprochen und Goldau pflegte sein öffentliches Image als Saubermann wie eh und je.

Hinni stampfte wütend auf und verdrängte den Gedanken an damals.

Für ihn war es jetzt nur wichtig, ungesehen auf den Schützenplatz zu gelangen. Er lief am *Amerikanerhuus* vorbei und bog am Hotel auf den lang gezogenen Parkplatz ein, dessen Ende in die Jahnstraße mündete.

Auch von hier aus gab es einen Schützenplatzzugang. Hinni blieb stehen. Er sah etliche Bekannte zum Rummel gehen, ehemalige Fußballkollegen, einen Ratsherrn, einige Kunden von *Schneider-Bau* und auch den katholischen Pastor, der sich angeregt mit einem großgewachsenen Mann unterhielt und gemächlichen Schrittes dem Platz zustrebte.

Mit diesem Pastor hatte Hinni schon oft zu tun gehabt und schon oft hatten sie ausgiebig über philosophisch-theologische Themen diskutiert, ja, sogar heftig gestritten. Hinni hielt nichts von der Institution Kirche und Kirchenmänner waren für ihn allesamt Heuchler. Er glaubte, einen verblüfften Blick beim Pastor wegen des Schützenanzugs entdeckt zu haben, als dieser kurz grüßend herübernickte, ohne seine Unterhaltung mit seinem Begleiter zu unterbrechen.

Ansonsten schien niemand Notiz von Hinrich Schröder zu nehmen, wohl gerade deswegen, weil ihn niemand in einem solchen Anzug vermutete. Hinni streckte seinen Hals und fuhr mit den Fingern an der Innenseite des Kragens entlang, der ihn einengte und kratzte.

Eilig überquerte er die Fahrbahn, lief nach rechts und bog in den ungepflasterten Taubenkamp ein. Am zweiten Eingang öffnete er eine Gartenpforte und klingelte an der Haustür. Wie vermutet, öffnete niemand, alles war still. Nun wusste Hinni, dass er ungestört hinter das Haus gelangen konnte. Zwischen den gewässerten Beeten balancierte er zum Ende des Grundstücks, wobei er sich die Schuhe völlig einsaute. Der klebrige Kleiboden ließ sich nur mühsam entfernen. Mit einem Grasbüschel putze er die dicksten Brocken ab. Trotzdem war Hinni zufrieden, denn er hatte sein Ziel erreicht.

Er gelangte problemlos hinter die Schaustellerwagen und musste nun nur noch einen Durchgang finden, um auf den Schützenplatz zu gelangen. Der süßlich angebrannte Duft von Puffreis zog ihm in die Nase und sein Hunger meldete sich wieder. An der linken Seite der Puffreisbude entdeckte Hinni eine Lücke. Er steuerte darauf zu. Ein großer Kerl stand genau in dieser Lücke und blockierte den Durchlass.

„Darf ich einmal durch?“, fragte Hinni, worauf der Riese verdutzt einen Schritt zur Seite trat, sich umdrehte und den Durchgang freigab. Erst jetzt erkannte Hinni den Mann. Es war der Begleiter des Pastors gewesen.

Polizeiwache Esens

„Einige Fakten sind uns ja mittlerweile bekannt", begann Gerrit Kerkhoff und stellte sich ans Smart-Board, das mit Fotos und Informationen gespickt war. „Ich fasse zusammen: Erstens - Reiner Muul fuhr auf Grund eines Anrufs, wahrscheinlich von Klaas Rosenberg, zu dem Neubau am Thunumer Weg. Der Anrufer besaß belastende Informationen über die Machenschaften von Muul und Goldau. Angeblich ging es um Materialdiebstahl. Wäre da nichts dran gewesen, wäre Muul nicht darauf eingegangen und hingefahren. Vielleicht sollte die Firma *Schneider-Bau* erpresst werden. Zweitens - auf dem Neubau wird Muul mit einer Eisenstange erschlagen. Anschließend hängt man den Toten an einem Lastenseil auf und nagelt ihn an den Dachsparren."

„Hierbei kommt irgendwie der Vorarbeiter Hinrich Schröder ..."

„Polier nennt man die auf dem Bau!", verbesserte Kerkhoff seinen Kollegen.

„Okay, okay! Wenn es der Klärung des Falles dient!", spottete Czerlikowski gereizt. „Hier kommt also der *Polier* ...", er betonte das Wort übertrieben, während Kerkhoff die Augen nach oben verdrehte und sich an seinen Schreibtisch setzte, „... Hinrich Schröder ins Spiel." Er heftete das entsprechende Foto zu den Bildern von Muul und Rosenberg dazu. „Welche Rolle er genau spielt, wissen wir nicht. Auf alle Fälle hat er ein Motiv, weil er mitbekommen hat, dass

Muul die Schwester von Hinni Schröder vergewaltigen wollte oder zumindest bedrängt und geschlagen hat. Bei Schröders Persönlichkeitsstruktur im Bezug auf seine vermeintliche Beschützerrolle gegenüber seiner Schwester ist ihm eine Gewalttat durchaus zuzutrauen."

„Es stellt sich nur die Frage, wie die Tat letztlich abgelaufen ist", warf Peters ein.

„Genau". Kerkhoff erhob sich wieder und schritt mit gesenktem Kopf und aneinandergelegten Fingerspitzen durch den Raum. „Angenommen, Muul trifft auf Hinni Schröder und bezichtigt ihn des Anrufs und der Erpressung, zumindest der Beteiligung daran …"

„Und Hinni Schröder macht Muul wegen des Vorfalls mit seiner Schwester an", fügte Czerlikowski hinzu. „Es kommt zum Streit, in dessen Verlauf Schröder die Brechstange nimmt, dem Muul eins überbrät, ihn aufhängt und so weiter. Anschließend nimmt er das Lebkuchenherz und hängt es Muul um."

„Aber das passt nicht", warf Peters ein. „Wenn Schröder eigentlich nur sein Werkzeug holen wollte, konnte er nicht wissen, dass Muul auch auf der Baustelle ist. Er hätte also gar kein Lebkuchenherz dabei haben können. Nur jemand, der diese Tat vorsätzlich geplant hat, bringt auch das Herz mit. Und warum diese Hinrichtung? Und was ist mit Klaas Rosenberg? Wo hält der sich zu diesem Zeitpunkt auf?"

„Du hast recht! Oder ist Rosenberg gar selber der Täter?", fragte Kerkhoff nach. „Das Lebkuchenherz, die Sachen, die wir bei ihm gefunden haben, deuten auf ihn. Wo ist das Foto mit der kleinen Goldie – so hat er sie doch genannt, oder?" Er nahm das kleine Foto mit Rosenbergs Tochter und steckte es an das Board. „Rosenberg sinnt auf Rache. Er hat recherchiert und nun anscheinend alle Beweise zusammengesammelt. Nun will er sie hochnehmen."

„Und warum überlässt er das nicht der Justiz, wenn er so klare Beweise hat?", fragte Peters.

„Weil er schlechte Erfahrungen gemacht hat. Recht haben und Recht bekommen sind zwei Paar Schuhe. Goldau und Muul mussten sich nicht für den Tod der Ehefrau und der Tochter verantworten, an dem sie nach Meinung Rosenbergs die Schuld trugen. Sie winden sich vor Gericht aus den Fängen der Justiz und gehen straflos aus, schlimmer noch, sie lügen und betrügen immer weiter. Also nimmt Klaas Rosenberg das Recht selber in die Hand." Kerkhoff machte eine kleine Pause. „Er erpresst Muul und Goldau, trifft Muul am Bau, erschlägt ihn und hängt ihm das Herz um. *Für dich, Goldie!* Er tut das Ganze für seine tote Tochter. Dann wird er von Schröder überrascht. Beide tun sich zusammen, knüpfen ihn zusätzlich auf und schlagen die Nägel ein."

„Das denke ich nicht", widersprach Peters. „Täter, die gemeinschaftlich einen Mord begehen, müssen sich besser kennen, um die Tat abzusprechen. Es muss ein gewisses Maß an Vertrauen vorhanden sein. Ich glaube nicht an eine spontane Zusammenarbeit. Außerdem müsste Klaas Rosenberg den Polier Schröder kennen, wenn er Goldaus Baufirma so lange beobachtet hat. Er müsste ihn eher noch als Schuldigen ansehen, denn schließlich müssen die Bauarbeiter die Baumängel an Rosenbergs Haus verursacht haben."

„Hinrich Schröder war an diesem Bau nicht beteiligt, das haben wir übergeprüft. Er war gar nicht in Ostfriesland zu dieser Zeit. Die Baufirma hatte im Osten irgendwelche Aktivitäten, die Schröder einige Jahre leitete; im Osten, in unserem Solidaritätsabgabengrab“, grantelte Czerlikowski. Sein Lieblingsthema. Immer wieder lästerte er über die jahrzehntelange Abgabe zur wirtschaftlichen Entwicklung der neuen Bundesländer, wobei ihn insbesondere der Ausdruck ‚Solidaritätsabgabe‘ ärgerte, da seiner Meinung nach Solidarität immer nur etwas Freiwilliges sein und nicht verordnet werden konnte.

„Und hätten sich zwei Personen so schnell vor den Hunden verstecken können?“, fragte Peters nach. „Unwahrscheinlich, oder?“

„Die nicht oder wenig blutenden Wunden bei den Nageleinschlagstellen lassen auch auf einen zeitlichen Abstand zum Mord mit der Eisenstange schließen“, konstatierte Kerkhoff. „Wenn es aber einen Abstand zwischen dem Erschlagen sowie dem Hängen und Kreuzigen gibt, dann kann das nur heißen, dass wir zwei Tatbeteiligte haben. Ich glaube, dass Rosenberg den Muul hinterrücks erschlagen und ihm das Lebkuchenherz umgelegt hat. Das war seine Rache, Rache für Goldie!“ Er zeigte auf das Bild aus Rosenbergs Wohnung. „Danach haute er zu Fuß in Richtung Thunum ab, ging zu seinem Mercedes am Bauernhof und raste davon, wobei er mich dann auch noch fast auf dem Gewissen gehabt hätte.“

„Und dann?“, fragte Peters gespannt. Er nippte an seiner Tasse, stellte sie dann aber hastig und geräuschvoll ab, als er erkannte, dass sie leer war.

„Und dann“, sagte Hauptkommissar Kerkhoff, „dann fährt Hinni Schröder mit seinem Fahrrad zur Baustelle. Er findet den Toten, auf den er wegen des Vorfalls mit seiner Schwester äußerst wütend ist. Außerdem weiß er von den Schweinereien, die Muul und Goldau gemacht oder noch geplant hatten. Er hievt den Toten mittels Seilzug in das Dachgebälk. Dort schlägt er ihm die Zimmermannsnägel ein, um ihn kopfüber zu kreuzigen."

„Ein solches Kreuz nennt man übrigens Petruskreuz", dozierte Czerlikowski. „Ich habe mich bei einem befreundeten Pastor erkundigt."

‚Streber', dachte Kerkhoff, sagte aber nichts, während Czerlikowski weiterredete: „Nach christlicher Überlieferung bat nämlich der Apostel Petrus bei seiner Verhaftung in Rom darum, kopfüber gekreuzigt zu werden. Er hielt sich nicht für würdig, auf die gleiche Weise wie sein Lehrmeister Christus zu sterben."

„Ja und? Was soll das jetzt? Was will der Schröder damit ausdrücken?", fragte Peters.

„Ich denke, er wollte Muul bestrafen", meinte Czerlikowski.

„Einen Toten?" Kerkhoff sah seinen Kollegen an.

„Ja. Gab es häufig in der Geschichte, von der Antike bis zum Mittelalter; *poena post mortem* nennt man das", sagte Czerlikowski.

„Aha!" Peters und Kerkhoff sahen sich verwundert an. „Und weiter?"

„Durch die Post-Mortem-Bestrafung will Schröder zeigen, wer der Stärkere ist, auch moralisch", meinte Czerlikowski.

„Hm, ganz schön weit hergeholt", brummte Kerkhoff. „Andererseits ist das schon ein schräger Vogel, dieser Schröder. Fest steht jedenfalls, dass er sowohl bei sich im Haus als auch in seinem ehemaligen Elternhaus solche umgedrehten Kreuze angebracht hat …"

„… und er ist Kirchenkritiker!", ergänzte Czerlikowski.

„Und? Was hat das damit wieder zu tun?" Peters kratzte sich skeptisch am Ohr.

„Es gibt Kirchenkritiker, die das Petruskreuz als Zeichen ihrer Ablehnung der kirchlichen Institution verwenden ..."

„... sagt dein Pastor", unterbrach Kerkhoff.

„Nein, ist aus dem Internet. Dabei handelt es sich aber nicht zwingend um Satanisten oder Atheisten. Die ablehnende Haltung gegen die Kirche als Organisation steht im Vordergrund!" Zufrieden ließ sich Czerlikowski in seinen Sitz sinken.

„Das jedenfalls passt alles auf Schröder! Für ihn ist Reiner Muul ein Verbrecher und das will er auf diese Weise deutlich machen." Kerkhoff nahm den Faden auf. „Dann ist Rosenberg der Mörder und Schröder lediglich ein Leichenschänder, oder?"

„Vielleicht auch ein verhinderter Täter. Wer weiß schon, was er mit Muul angestellt hätte, wenn er ihn noch lebend angetroffen hätte?" Czerlikowski drehte sich auf seinem Sitz so, dass er aus dem Fenster schauen konnte. „Und was macht er mit Goldau, wenn er ihn erwischt?"

„Äh ..." Kerkhoff legte eine kurze Pause zum Nachdenken ein. Mit Zeige- und Mittelfinger massierte er seine Schläfen. „Lasst uns noch einmal gedanklich auf die Baustelle zurückgehen. Nehmen wir an, Schröder hat Muul zur Schau gestellt. Für ihn ist Reiner Muul ein Verbrecher und das wollte er auf diese Weise deutlich machen. Nehmen wir weiter an, er will abhauen, als ihm Robert Ressens Doggen den Weg versperren. Sie gebärden sich wie wild, weil sie den Blutgeruch in der Nase haben und den Menschen, also Hinni, der sich dort oben befindet, stellen wollen. Ressen entdeckt den toten Muul, reißt die Doggen zurück, stolpert über Schröders Werkzeugeimer und über Schröders Fahrrad. Dann läuft er mit den Tieren zum Supermarkt, um die Polizei zu rufen."

„Das klingt plausibel", stimmte Czerlikowski zu und ergänzte: „In der Zwischenzeit rafft Schröder sein Werkzeug hastig zusammen, findet aber das Fugeisen in der Eile nicht oder übersieht es und macht sich mit dem Fahrrad davon. Er fährt nach Hause, wechselt die blutverschmierten Klamotten und macht sich erst mal aus dem Staub."

„So könnte es gewesen sein. Die Frage ist nur, was hat Schröder vor? Was heckt er aus? Was will er mit meiner Waffe?" Kerkhoff fasste sich mit der Hand ans Kinn. Er musste noch den Chef anrufen.

„Das dürfte doch wohl ziemlich klar sein. Er oder Rosenberg oder er *und* Rosenberg – beide werden doch wohl versuchen, an den Schützenkönig heranzukommen, und beide sind bewaffnet!", ergänzte Czerlikowski.

Kerkhoff nickte. „Das sehe ich genauso. Wozu sollte Rosenberg sonst die Waffenkataloge in seiner Wohnung gehabt haben. Und erschlagen wird er ihn nicht können, so nahe kommt Rosenberg nicht an Goldau ran. Das weiß er selber auch."

Schützenplatz

Klaas Rosenberg kam nur sehr langsam durch die Menschenmassen voran. Wie spät mochte es sein? Um etwas Deckung zu haben, blieb er wieder am Rand der Straße neben dem Seitenschild einer Losbude stehen.

„Drei Lose, zwei Euro! Fast jedes Los gewinnt. Kommen Sie her, kommen Sie ran! Das ist Spaß. Das ist Spannung. Das ist Faszination!" Der Losverkäufer spulte sein Programm ab, als wäre er selber nicht überzeugt von dem, was er durchsagte.

Aus der Riesenbratpfanne kroch fetter Champignongeruch zu Klaas herüber. Die Uhr an seinem Arm zeigte an, dass es immer noch zu früh war, um in Position zu gehen. Hunger hatte er auch nicht, aber etwas zu trinken wäre nicht schlecht gewesen.

Klaas begann nervös zu werden. Was wäre, wenn er doch noch vorzeitig von den Polizisten erkannt würde? Menschen in seiner Größe liefen hier eher selten herum. Daher hielt er es für ratsam, während der verbleibenden Zeit irgendwo unterzukriechen. Vielleicht sollte er die Gesellschaft seiner Nachbarn suchen, bis es Zeit wäre, sein Vorhaben auszuführen. Was hatte Freese vorhin noch herübergerufen? Die Nachbarschaft wollte sich am *Schwarzwaldhaus* treffen, das war's.

Er schwamm in dem Menschenstrom noch ungefähr fünfzig Meter geradeaus mit und bog dann links in einen Quergang ein. Auch hier herrschte Hochbetrieb, allerdings war es nicht so voll wie auf dem Oval des

Hauptweges um den Schützenplatz herum. An diesem Gang, der oft als Abkürzung zwischen den Tanzzelten genutzt wurde, gab es etliche kleine Stände, die Flaggen, schrille Klamotten, bunte Armbänder, geflochtene Zöpfe, „Hau den Lukas"-Kraftgeräte oder abwaschbare Tattoos anboten.

Während Klaas über schwankende Planken balancierte, dachte er über eine Erklärung für den Polizeieinsatz in seinem Haus nach, die er gleich den Nachbarn anbieten wollte.

Er begegnete vielen betrunkenen Schützenfestbesuchern, die dem hier ebenfalls abgestellten Toilettenwagen zustrebten. Am Ende des Ganges sah Klaas bereits die Stehtische des *Schwarzwaldhauses*. Dort standen die Menschen so dicht zusammen, dass niemand hätte umfallen können. Auf den runden Tischen sah er unzählige halbvolle Bier- und leere Schnapsgläser.

Nach einigen Minuten und vielen Entschuldigungen gelang es Klaas, sich mit seinem Gepäck bis zum Tisch seiner Nachbarn durchzukämpfen. Mit vielfachem „Moin" wurde er willkommen geheißen und musste natürlich gleich erklären, warum bei ihm zu Hause ein solch großer Polizeiaufmarsch stattgefunden hatte.

„Das war nur ein Versehen. Ich war unterwegs und nicht zu erreichen. Und da ich schon des Öfteren Krach mit dem ermordeten Muul und Konsorten hatte, glaubte die Kripo, ich wäre auf der Flucht." Klaas lachte laut auf: „Auf der Flucht und lass alles zurück. So etwas könne sich auch nur Beamte ausdenken, typisch!"

Ja, das war ein Treffer, denn auf Beamte waren alle nicht gut zu sprechen. „Die haben dann mein Haus durchsucht. Das muss man sich mal vorstellen, einfach so! Ohne Durchsuchungsbeschluss, einfach so."

„Unerhört! – Unglaublich! – Sauerei!", machten die Umstehenden ihrem Unmut über die Vorgehensweise der Polizei Luft.

„Das habe ich mir gleich gedacht! Und ich frag die Polizisten noch danach! Aber gezeigt haben die nichts", meinte Friedrich Meyer, sein direkter Nachbar. „Und nun suchen die dich noch immer?"

„Nein, nein." Klaas hob abwehrend die Hände. „Ich komme grad vom Kommissariat. Hat sich alles geklärt. Zum Glück habe ich ein lupenreines Alibi. Sie haben sich dann tausendmal entschuldigt."

„Unglaublich!", tönte es wieder von den Nachbarn.

„Na, ja, verständlich ist die Reaktion der Polizei schon. Bei dem Ärger, den ich schon mit den Lumpen von *Schneider-Bau* hatte", erklärte Klaas.

„Und was machst du hier mit der Leiter und dem Kasten da?", fragte Fidi Meyer nach.

„Ein alter Kumpel hat hier auf dem Platz ein Fahrgeschäft und der rief mich an, ob ich aushelfen könnte. Ihm ist ein Teil der Elektrik ausgefallen … ach, was soll ich euch mit so einem Quatsch langweilen? Ich geb erst einmal eine Runde aus. Schließlich bin ich Schützenkönig geworden und ich will mir doch nicht nachsagen lassen, ich wäre knauserig. Fidi, pass mal eben auf meine Sachen auf, dass die keiner klaut." Klaas Rosenberg schlug seinem Nachbarn Friedrich Meyer auf die Schulter.

„Geh man los, wir passen auf", meinte Fidi.

Klaas schob ab zur Theke. Während das Bier eingeschenkt wurde, blickte er sich um. Die Gesichter der Nachbarn waren fröhlich und sie machten nicht den Eindruck, als würden sie ihm nicht glauben. Als er nach links sah, entdeckte er den Schützen mit den verdreckten Schuhen. Er blickte kurz zu Klaas herüber. Klaas schob zwei Zwanzig-Euro-Scheine über den Tresen, nahm das mit Gläsern gefüllte Tablett und das Wechselgeld an sich und steuerte zurück zu seinen Nachbarn.

Schützenplatz

Hinrich Schröder hatte richtig Kohldampf. Er wollte sich aber noch umsehen, bevor er etwas aß. Er umrundete den Platz zur Hälfte und stand nun einer der vielen Bierausschankbuden gegenüber. Die Leute prosteten sich zu, scherzten und lachten. Viele waren normal sommerlich gekleidet. Hinni aber spähte nach Uniformträgern.

Die Schützenbrüder an den Stehtischen schwitzten mächtig, behielten aber ihre Hüte auf, da es keine Ablageflächen gab. Hinni überquerte die Straße und schob sich durch die Menschen hindurch. Er stand nun in der Nähe der Theke, an deren Enden sich Durchgänge zum hinteren Schankraum befanden. Hinni blickte sich erneut um und entdeckte vor dem Ausschank wieder den großen Kerl im blauen Overall, der vorhin mit dem Pastor unterwegs gewesen war. Der blickte kurz zu Hinni herüber und trug dann eine Runde Bier an einen der Stehtische. Die Umstehenden ergriffen die Gläser und ließen sich das kühle Bier schmecken.

Hinni überlegte, wie er weiter vorgehen sollte. Zu nahe wollte er den Schützen nicht kommen, um sich nicht der Gefahr auszusetzen, dass sie trotz des Anzugs erkannten, dass er keiner von ihnen war. Die Schützenbrüder kannten sich untereinander gut.

Ein Betrunkener rempelte Hinrich Schröder an und hätte ihm beinahe den Inhalt seines Bierglases über die Jacke gegossen. Hinni schob ihn zur Seite. Der Betrunkene protestierte, zog dann aber stark schwankend ab.

Hinni blinzelte in den Schankraum. Gleich vorne saßen ältere Schützen an einem Sechsertisch. Sie waren in heftige Diskussionen über den Mord verwickelt, wobei es in erster Linie darum ging, wie man den Mörder bestrafen sollte. Hinni bekam nur Ausspruchsfetzen, wie „an die Wand stellen", „aufhängen" und „Kopf kürzer" mit. Etwas anderes fesselte seine Aufmerksamkeit: Ihre Hüte lagen auf den Ablagen an den Rücklehnen ihrer Sitzbänke. Er musste jetzt noch eine günstige Gelegenheit abwarten. Minuten vergingen.

Als die Bedienung eine neue Runde servierte, war die Sicht für die Schützen verdeckt und Hinni griff zu. Während er das *Schwarzwaldhaus* verließ, hielt er sich den Hut an der Krempe vor den Bauch. Einige Meter weiter setzte er ihn außer Sichtweise auf den Kopf. Dass er recht gut passte, nahm Hinni als gutes Omen.

Nun steuerte er den nächsten Imbissstand an.

Polizeiwache Esens

„Telefon! Ich stelle jetzt durch. Ich kann ihn nicht länger hinhalten!", rief Marike durch die geöffnete Tür.

Hauptkommissar Kerkhoff nickte: „In Ordnung, dann mach mal. Bring bitte anschließend die Berichte der Kollegen herein, alles, was so angefallen ist."

Er nahm den Hörer auf, als der Signalton erklang: „Kerkhoff am Apparat. Grüße Sie."

Weiter kam er nicht, da sein Chef am anderen Ende der Leitung seine lang angestaute Predigt losließ. „Jawoll … wenn Sie meinen …" und andere zustimmende Äußerungen waren das Einzige, was Kerkhoff dazwischen werfen konnte. Sein Versuch, eine Verteidigungsrede zu starten, scheiterte. Kerkhoff wusste, dass er sorgsamer mit seiner Dienstwaffe hätte umgehen müssen, ein klares Dienstvergehen. Während des Telefonats kramte Kerkhoff in seinen Notizen und sah sie nebenher durch. Soll der doch quatschen, wie er will, dieser Nichtskönner, dachte er bei sich. Mit einem roten Kuli markierte er unterdessen wichtige Punkte und verband sie zu einem wirren Konstrukt, das letztlich nur noch er selber durchschaute.

Unter einem Stapel Papiere fand er eine Notiz, dass er Nina noch anrufen wollte. Kerkhoff überlegte, wie er seinen Chef abwimmeln konnte.

Der redete immer noch ohne Punkt und Komma.

Kerkhoff kaute auf der Kuli-Kappe und schaute versonnen aus dem Fenster: Jetzt schön auf der Terrasse sitzen, Grill an, kaltes Weizenbier … Er ließ den Hörer sinken. Oder eine Fahrradtour mit Nina und dem Hund, ab in Richtung Bensersiel, auf dem Deich am Tief entlang, das wär's. Stattdessen hatte er diesen Nörgelbruder am Rohr. Was wusste dieser Schreibtischtäter denn von der alltäglichen Arbeit ... War die Karriereleiter hinaufgefallen, weil sonst keiner so blöd war, diesen im Grunde verantwortungsvollen Posten unter diesen Bedingungen zu übernehmen, einen Posten, der den ganzen Mann oder auch die ganze Frau erforderten und nicht so ein rückgratloses Etwas.

Schließlich reichte es Kerkhoff. „Ja! Ist gut jetzt! Ich habe verstanden!", schnauzte er unvermittelt scharf ins Telefon. „Sie müssen den Umstand, dass ich Pech hatte und so ein kleiner, mickriger Polier mir eins übergebraten hat und dabei meine Dienstwaffe entwendete, nicht dreimal wiederholen. Das weiß ich selber. Ich weiß aber auch, dass der Kerl und ein zweiter Irrer da draußen herumlaufen und eventuell eine weitere Tat planen. Und dort werde ich gebraucht, verstehen Sie? Vielleicht wäre es besser, Sie würden hierher nach Esens kommen, um uns zu unterstützen. Vorwürfe kann ich mir alleine machen. Und wenn Sie meinen, Sie müssten mir ein Disziplinarverfahren anhängen, dann tun Sie sich keinen Zwang an. Vielleicht kommt dann auch Ihre eigene Rolle in dieser Geschichte zur Sprache, zum Beispiel Ihre unermüdliche Unterstützung!", brüllte Kerkhoff. „Und jetzt entschuldigen Sie mich bitte, ich habe zu tun. Wiederhören!"

„Das war deutlich!" Marike schlüpfte durch die Tür. Sie reichte Kerkhoff eine Mappe und lächelte. „Das wurde aber auch Zeit, dass diesem Sesselfurzer jemand die Meinung sagt."

„Hm", grunzte Kerkhoff, immer noch wütend. Er nahm die Mappe und schlug sie auf. Dann fiel ihm die

Notiz über Nina wieder ein. Er wählte ihre Nummer.

Währenddessen fragte Marike: „Kaffee?"

Nun lächelte Kerkhoff auch wieder – er empfand die Einladung als Belohnung für das brüske Telefongespräch mit dem Chef – und nickte. Sie verschwand in ihr Büro. Das kurze, blaue Kleid stand ihr gut, fand Kerkhoff.

„Hi, Süße", säuselte er kurz darauf ins Telefon.

„Ach, du bist es. Hört man dich auch mal wieder?" Nina klang vorwurfsvoll.

„Das ist der Job, du weißt. Ich habe ja keinen ABM-Job, Arbeiten bis Mittag", konterte Kerkhoff, jetzt auch etwas ärgerlich. Der Zusatz ‚wie die Lehrer' klang ungesagt mit.

„Ich bemitleide dich ja so", entgegnete Nina. „Dann wirst du sicherlich auch heute Abend nicht zum Königsball kommen, oder?"

„Wenn es überhaupt einen Ball geben wird! Es braut sich einiges zusammen. Na ja, wir werden den Auftritt des Schützenkönigs wohl nicht verhindern können. Der wird sich das nicht nehmen lassen. Zum Glück konnten wir ihn wenigstens dazu überreden, nicht am Schützenumzug teilzunehmen. Wir haben zwei Kollegen als Personenschutz abgestellt, die zurzeit ständig bei ihm sind", sagte Kerkhoff. „Ich kann mich da heute nicht rausnehmen, Nina, wir haben ohnehin zu wenig Leute, sorry. Das musst du verstehen. Ich leite diesen Fall, noch jedenfalls." Kerkhoff dachte an das Telefonat von vorhin. Er war gespannt, wie der Chef reagieren würde. Wahrscheinlich würde der sich dieser Konfrontation gar nicht stellen und den Schwanz einkneifen, zumal er sicherlich davon ausging, dass niemand Zeuge dieses Disput gewesen war und er sein Gesicht nicht verlieren würde. Wenn der überhaupt so weit dachte …

„Dann geh ich mit meiner Schwester zum Schützenplatz; es werden sich sicher genug Bewerber einstellen“, sagte Nina schnippisch. „Man sieht sich. Kannst dich ja melden, wenn du wieder Zeit für mich hast, vorausgesetzt, ich habe mit meinem Halbtagsjob dann auch Zeit!“ Sie legte auf.

„Dicke Luft?“, fragte Marike, die den Kaffee auf Kerkhoffs Schreibtisch stellte.

„Dicke Luft ist noch untertrieben“, antwortete Kerkhoff, deutete auf den Kaffee und sagte: „Danke!“

„Gern geschehen“, sagte Marike und tänzelte leichtfüßig unter den Blicken des Hauptkommissars zurück an ihren Arbeitsplatz.

Schützenplatz / Imbissbude

Die Schaschlikspieße brutzelten in einer großen Fettlache, die platzende Luftblasen entweichen ließ. Ein Imbissverkäufer wendete die aufgespießten Fleischstücke mit einer hölzernen Grillzange, deren Ende von der Hitze stark geschwärzt war. Zwischendurch nahm er Bestellungen entgegen, füllte die Pommes Frites in einen viereckigen Drahtkorb, den er in eine Halterung schob, wo das Frittierfett abtropfen konnte. Nachdem er eine leere rote Ketchupflasche ausgetauscht hatte, kam er wieder zu den Pommes zurück. Er griff den Drahtkorb mit der Linken und rüttelte die Kartoffelstifte. So konnte er mittels eines überdimensionalen, silbermetallenen Streuers den Inhalt des Korbes ausgiebig salzen.

„Zweimal Curry, eine Krakauer und einen Hamburger", rief ihm seine dicke Kollegin zu, die nach Hinnis Mutmaßungen ihre eigene Ernährung ganz mit dem Imbissangebot bestritt. Der Pommessalzer griff mit der Zange inzwischen zwei Würstchen auf einen Streich und drückte sie in die Öffnung des Zerkleinerers, unter den er bereits ein oval-faltiges, weißes Pappschälchen gestellt hatte. Die Wurststücke fielen dort hinein. Nun streute er das gelbe Currypulver drüber und langte mit einer kleinen Kelle in einen Bottich mit angewärmter Ketchupsoße, die er mit elegantem Schwung über die Wurst goss.

„Zweimal Curry", rief Hinni in den Imbisswagen hinein, in der Hoffnung, einer der Bediensteten würde die Bestellung erhören.

„Jetzt bin ich aber erst dran“, ereiferte sich eine junge Mutter, die rechts vor Hinni stand, aber bislang kaum die Initiative ergriffen hatte, um ihre Wünsche loszuwerden.

Links von ihm drehte sich ein Kunde mit seinen ergatterten Bratwürsten von der Theke weg, sodass Hinni sich nun ganz an die Ladentheke vorarbeiten konnte.

Der Verkäufer kam mit einem nassen Lappen und einem Trockentuch nach vorne und wischte Mayonnaisereste von der Ablage.

Hinni ergriff die Chance und rief erneut: „Zwei Curry, bitte …“, dann fügte er noch schnell hinzu „… und einmal Pommes Mayo.“

Für den Bruchteil einer Sekunde blickte der Verkäufer ihn an, um festzustellen, wer die Bestellung aufgegeben hatte und murmelte: „Jo, kommt!“

Schon war er wieder zu seinen Wurstwaren abgedreht und ignorierte den erneuten, wenn auch diesmal deutlich resignierteren Einwand der jungen Frau, sie sei nun aber mal dran. Sie hatte wohl eingesehen, dass sie mehr Geduld aufbringen musste, als ihr lieb war, zumal der Verkäufer ihr zubrummte, er hätte auch nur zwei Hände. Zu allem Überfluss fiel ihm auch noch eine Wurst auf dem Boden, die er missmutig aufhob und zunächst an die Seite legte. Hinni war sich sicher, dass sie in einer halben Stunde, wenn die Zeugen dieses Vorfalls weitergezogen waren, wieder auf dem Rost liegen würde.

Halb verdeckt hinter einer Säule der Imbissaufbauten blickte Hinni sich immer wieder um. Er tastete mit den Augen die vorübergehenden Menschen ab und versuchte, unter ihnen Polizisten in Zivil zu entdecken. Bislang war er ihnen mit viel Glück entkommen. Am besten benahm er sich wie ein ganz normaler Schütze. Er sah wieder dem Grillmeister bei seiner Tätigkeit zu.

Es dauerte nur wenige Minuten, bis Hinni die Würste und Pommes vor sich liegen hatte. Er bezahlte mit einem Fünfzig-Euro-Schein.

„Haben Sie es nicht kleiner?", fragte sein Gegenüber mürrisch und fingerte nach Hinnis bedauernder Verneinung mit seinen klebrigen Händen in einem Bündel Geldscheinen herum. Anschließend reichte er das Wechselgeld herüber.

Hinni steckte es ein, zog den Hut etwas tiefer ins Gesicht und nahm die Schalen an sich. Dann suchte er sich in der hintersten Ecke einen Platz an einer der roten Bierzeltgarnituren, die für die Imbisskunden aufgestellt worden waren. Hier würde er nicht so leicht entdeckt werden.

„Ist hier noch frei?" Nach einem Nicken seines Gegenübers setzte sich Hinni mit dem Rücken zum Strom der Jahrmarktsbesucher an den Holztisch. Plötzlich blickte er sich suchend um, hob zuerst die Currywürste und dann die Schale Pommes Frites hoch. Er stand auf und ging wieder zum Imbisswagen zurück.

Polizeiwache Esens

Hauptkommissar Kerkhoff blätterte in den Notizen und las die eingegangenen Berichte quer durch: Fahrraddiebstähle, Ruhestörungen, Erregung öffentlichen Ärgernisses, zwei Auffahrunfälle unter Alkoholeinfluss, kleinere Schlägereien … ‚Nachwehen des Schützenfestes', dachte Kerkhoff. … Illegal entsorgter Strauch- und Grasschnitt, ein kleiner Küchenbrand …

Czerlikowski stürmte herein: „Oh, super, mitgedacht! Kaffee schon fertig?"

Hauptkommissar Kerkhoff antwortete nicht. Er sah konzentriert auf die vor ihm liegenden Papiere.

„Hallo, Kaffee fertig?", wiederholte Czerlikowski. „Die Berliner sind da, frisch vom Jahrmarkt! Man gönnt sich ja sonst nichts!"

Kerkhoff zeigte abwesend und ohne aufzublicken mit dem Finger in Richtung von Marikes Büro.

„Was ist los? Sollen wir uns jetzt in Gebärdensprache unterhalten?" Czerlikowski zog die Augenbrauen hoch.

„Äh … Moment", stotterte Kerkhoff. Er blätterte zurück. „Kaffee? Gibt's bei Marike. Du, hör einmal. Mir fällt gerade etwas auf."

„Augenblick, bin sofort zurück, bringe nur kurz den Berliner hin." Czerlikowski flitzte zu Marike hinüber und saß kurze Zeit später an seinem Schreibtisch. „Schieß los", sagte er und biss herzhaft in das Fettgebackene. Etwas Marmelade lief ihm aus dem rechten Mundwinkel. Er tastete nach einem Papiertaschentuch.

„Warum klaut jemand eine Schützenuniform? Hier liegt eine entsprechende Anzeige vor", sagte Kerkhoff.

„Wo ist sie denn geklaut worden?", fragte Czerlikowski, immer noch kauend.

„In der ... einen Moment ..." der Hauptkommissar schlug die Seite zurück, „... in der Erlebachstraße."

Czerlikowski stand auf und suchte die Straße auf der Wandkarte: „Hier! Das ist in der Nähe des Schulzentrums, oder? Dort haben wir doch den Bulli der Windenergie-Firma wiedergefunden, mit dem Hinrich Schröder abgehauen ist."

„Stimmt. Und jetzt wird in der Nähe eine Uniform geklaut", sagte Kerkhoff. „Das kann doch wohl nur bedeuten, dass Schröder sich so tarnen will, oder? Er kommt als Schütze natürlich relativ leicht und unkontrolliert an unseren Posten vorbei, so viel steht fest. Allerdings ohne Hut."

„Wie ohne Hut? Den hat er dagelassen?" Czerlikowski tippte sich an die Stirn.

„Also, der Anzug hing zum Lüften draußen auf der Terrasse, der Hut aber lag noch auf der Garderobe!", entnahm Kerkhoff der Anzeige. „Uns bleibt aber auch nichts erspart. Wie sollen wir unter den Schützen Hinrich Schröder herausfinden? Wie viele Schützen gibt es überhaupt in Esens?"

„Keine Ahnung, die genaue Zahl kenn ich auch nicht. Wie sah der Anzug denn aus?", fragte Czerlikowski nach.

„Na, einfache Schützenjacke, Esenser Modell, zweireihig, Knöpfe versetzt; der Besitzer war wohl etwas fülliger", lächelte Kerkhoff. Er begann wieder zu lesen, wurde aber erneut vom Klingeln des Telefons unterbrochen.

„Hauptkommissar Kerkhoff! Ja …" Kerkhoffs Miene verdunkelte sich immer mehr, während er zuhörte. Dann brüllte er: „… wie – mit dem Pastor? Die lasst ihr einfach so durch? Ja, bin ich denn vollends von Idioten umgeben? Junger Kollege hin oder her. Wenn der Personen kontrollieren soll, dann muss er jeden kontrollieren. Wenn der seinen Posten nicht ausfüllen kann, dann gehört er nicht dorthin!"

Czerlikowski schaute seinen Kollegen fragend an.

„Stümper, überall Stümper. Das darf doch einfach nicht wahr sein!" Kerkhoff knallte das Telefon auf den Tisch. Dann erzählte er Czerlikowski, dass ein Kollege wohl versehentlich Klaas Rosenberg durch die Absperrung durchgelassen hat. Er sei in Begleitung des katholischen Pastors gewesen.

„Schöne Scheiße", konstatierte Czerlikowski. „Dann haben wir beide Hauptverdächtigte auf dem Schützenplatz – genau dort, von wo wir sie fernhalten wollten. Hat das Beschatten von Schröders Schwester … wie heißt die noch schnell … Marie Schröder, also hat das Beschatten von Marie Schröder etwas ergeben?"

„Nein, auch nicht! Sie meldeten nur, Marie sei mit ihren beiden Kindern in Richtung Stadt aufgebrochen. Wahrscheinlich wollen sie zum Rummel, vermuten die Kollegen", antwortete Kerkhoff. „Ich hab ihnen gesagt, sie sollen auf alle Fälle dranbleiben und uns informieren. Vielleicht treffen sie sich mit Hinni Schröder." Er fluchte sich noch einmal kräftig aus und bat dann den Kollegen Czerlikowski, kurzfristig eine Krisensitzung einzuberufen. Es nutzte nichts, sie mussten sich auf einen Anschlag beim Schützenplatz einstellen.

Schützenplatz / Imbissbude

Die Bedienung des Imbisswagens hatte vergessen, die Gabeln dazuzulegen. Hinni suchte zwei rotgezackte Plastiksticks aus einem Kasten heraus und nahm auch noch zwei Papierservietten mit an seinen Tisch. Ihm hing der Magen in den Kniekehlen. Hastig schob er das fettige Fastfood in den Mund. Nach kurzem Kauen schluckte er die heißen Bissen herunter und spürte ihre Fahrt in sein Inneres durch die Speiseröhre.

Hinni orderte noch eine Flasche Mineralwasser nach, die ihm eine der Wurstverkäuferinnen an den Tisch bringen wollte, da sie sie aus dem Depot holen musste. Der Wasserbestand an der Pommesbude wurde an diesem Tag öfter aufgefüllt, da viele Menschen wegen der enormen Hitze großen Durst hatten.

„Ganz schön warm, was?", versuchte Hinnis Banknachbar ein Gespräch zu beginnen.

„Jo" sagte Hinni und wandte sich ab. Aus seiner Blickrichtung kam die dralle Bedienung nun direkt auf ihn zu. Sie trug in jeder Hand eine Kiste kleiner Halbliterflaschen Wasser, die sie aus dem Lager hinter der Absperrung geholt hatte. Sie hatte sich dabei mit Mühe durch den Spalt zwischen den Gittern gezwängt, die zusätzlich mit Planen als Sichtschutz verhängt waren. Nun hielt sie Hinni eine Kiste hin, als Aufforderung, sich zu bedienen. Er nahm eine Flasche heraus. Sie ging zum Tresen und hob die Kisten hinüber.

„Hinni, Hinni!"

Hinrich Schröder fuhr zusammen. Schräg von hinten trafen ihn helle, schrille Rufe, zwei kleine quirlige Menschen stürzten sich auf ihn, hingen mit ihren Armen wie Äffchen an seinem Hals und brachten ihn um ein Haar aus dem Gleichgewicht. Nur mit Mühe konnte Hinni die Sitzbank, die sich gefährlich hob, in Balance halten.

„Onkel Hinni, endlich haben wir dich gefunden!" Hinnis Neffen turnten an ihm herum, waren so wild, dass ihm der Schützenhut vom Kopf flog.

„Nun mal langsam, Jungs. Ihr wollt mich doch wohl nicht umbringen!" Beim letzten Wort erschrak Hinni und hielt inne. Er blickte unvermittelt in die Augen seiner Schwester. Er stand auf. Dann setzte er die Jungen, die weiter an ihm herumzerrten, ab auf die Sitzbank und drehte sich wieder seiner Schwester zu.

„Marie!", sagte er leise, fast zärtlich. Er nahm sie liebevoll in den Arm. „Schwesterlein. Wie geht's dir?" Er lächelte sie an. Marie hatte eine Träne auf der Wange, die er vorsichtig mit dem Ärmel wegwischte. „Hey, Mädchen. Alles wird gut!" Er sah sie nun mit einem breiten Lachen an und tätschelte ihre Wange.

„Hinni, was machst du denn für Sachen?", sagte sie sanft. „Die Polizei sucht dich. Du musst dich stellen, Hinni. Die kriegen dich sowieso!", drängte sie.

„Nun mal langsam …"

Bevor Hinni weiterreden konnte, fielen seine Neffen ihm ins Wort: „Onkel Hinni, gehst du mit uns zu den Rammstoßautos?"

„Moment", sagte Hinni und griff in die Tasche der Schützenjacke. Er suchte die Freikarten heraus. „Hiermit könnt ihr Karussell fahren und hiermit …", er gab Marie einen Geldschein, „… hiermit holt eure Mutter gleich einige Chips für den Autoskooter, aber nur, wenn ihr euch jetzt benehmt. Ist das klar, Cowboys?" Er stemmte einen der beiden Jungen in die Höhe.

„Ich auch mal!" Auch der Zweite wurde von seinem Onkel hochgehoben. Hinni machte dabei eine halbe Drehung. Der Junge hing nun kopfüber in seinem rechten Arm und quiekte vor Vergnügen. Als Hinni kurz den Kopf hob, sah er an der gegenüberliegenden Fischbude einen etwa fünfunddreißig Jahre alten Mann, der sich etwas zu auffällig wegdrehte. Hinni sah, wie er ein silbernes Handy ans Ohr hielt und hineinsprach. Ihm war sofort klar, dass Marie beschattet wurde.

Hinni drehte sich langsam um, setzte den Jungen auf seine Beine und sprach ganz ruhig mit Marie: „Hör zu. Schau dich jetzt nicht um. Die Polizei beschattet dich. Drüben an der Fischbude steht so ein Typ. Ich muss verschwinden. Ich habe noch etwas zu erledigen. Pass gut auf dich auf! Auf dich und auf die Jungs, Marie!" Er drückte sie und seine Neffen noch kurz. Bevor seine Schwester antworten konnte, nutzte er den Sichtschutz, den eine Gruppe Rollstuhlfahrer ihm bot, die einen Platz zum Essen suchten. Er flitzte durch den Spalt in der Absperrung ins Getränkelager und kletterte über die gestapelten Getränkekisten, schlug sich durch die Lücken der enggestellten Wohnwagen der Schausteller und verschwand.

58

Schützenplatz / Fischbude

„Danke für die Nachricht! Bleib dran, aber beobachte nur! Wir kommen." Hauptkommissar Kerkhoff riss den Dienstwagen herum und bretterte über die Bahnhofsstraße. Er bog in die Lücke einer Ausfahrt ein und stoppte den Wagen.

„Hier können Sie nicht parken!", wetterte ein Passant.

„Doch, wir können!", sagte Czerlikowski. Die beiden Polizisten rannten los, wurden aber immer wieder von den dichten Menschenmassen ausgebremst. Die Leute waren in Feierlaune und kommentierten murrend das Drängeln der beiden Männer. Nach einigen Minuten erreichten sie den Fischstand.

„Wo ist er?", stieß Kerkhoff hervor.

„Weg, plötzlich weg. Wie vom Erdboden verschwunden", sagte der Kollege, der zur Tarnung ein Fischbrötchen in der Hand hielt, das er zur Hälfte bereits verputzt hatte.

„Wie weg? Das gibt's doch gar nicht", meinte Czerlikowski.

„Einfach ...", bevor er weiterredete, kaute der Polizist noch einmal und schluckte den Bissen herunter.

„Mahlzeit", entfuhr es Kerkhoff spöttisch und er wartete die weitere Aussage gar nicht ab, sondern lief zum Imbiss herüber. „Frau Schröder, warten Sie doch bitte. Wo ist Ihr Bruder? Was hat er vor? Hat er Ihnen das erzählt?" Er hatte Marie Schröder nun eingeholt und seine Hand auf ihren angewinkelten linken Unterarm gelegt.

„Helfen Sie uns. Helfen Sie uns und Ihrem Bruder, bitte", sagte Kerkhoff leise. Er war etwas außer Atem.

Marie Schröder zog unwillig ihren Arm weg und sagte scharf: „Fassen Sie mich nicht an! Ich weiß nicht, wo Hinni ist. Ich weiß nicht, was er vorhat. Und wenn ich es wüsste, würde ich es Ihnen nicht sagen." Wütend blickte sie den Hauptkommissar an.

„Frau Schröder! Hinni verrennt sich da in etwas. Das ist kein Spaß. Er ist bewaffnet. Hat er Ihnen etwas angedeutet, was er vorhat?"

Auch Czerlikowski war mittlerweile herangekommen und schob sich zwischen Kerkhoff und Marie Schröder: „Es wird nicht gut für ihn enden. Er ist ein Hitzkopf, das wissen Sie! Helfen Sie uns!" Czerlikowski kehrte den verständnisvollen Polizisten heraus. Das konnte er wie kein Zweiter. Bei der Verhörmethode „Guter Bulle - Böser Bulle" spielte er immer den Part des *good guy*. Ohnehin hatte er seit der ersten Begegnung mit Marie Schröder bessere Karten als sein Kollege Kerkhoff.

„Ich habe Hinni nur zufällig hier getroffen. Genauer gesagt, haben meine Jungs ihren Onkel entdeckt. Ich war völlig perplex, als sie auf ihn zurannten, denn in der Schützenuniform habe ich ihn zuerst gar nicht erkannt." Sie sah Czerlikowski mit einem unschuldigen Gesichtsausdruck an.

Der nickte nur und wandte sich an seinen Kollegen: „Und jetzt?"

Kerkhoff zuckte mit den Schultern.

„Frau Schröder, wir glauben, dass Ihr Bruder etwas plant, etwas, was mit seinem Chef, dem Schützenkönig Goldau, zu tun hat", zog Czerlikowski Marie Schröder ins Vertrauen. „Wir befürchten das Schlimmste. Sogar mit einem Anschlag rechnen wir!"

Hauptkommissar Kerkhoff zog die Augenbrauen hoch, denn ihm schien Marie Schröder nicht vertrauenswürdig und er hätte ihr diese Informationen nie gegeben.

„Er redete bei einem der letzten Besuche davon, dass er eine Gelegenheit sucht, dem Goldau und dem Muul eins auszuwischen. Hinni sprach von großen Schweinereien, die die beiden ausgeheckt hätten."

„Bei Reiner Muul war er auch schon beteiligt, da hat er schon Erfolg gehabt", warf Kerkhoff unter den ärgerlichen Blicken Czerlikowskis ein, „und jetzt soll Goldau dran glauben!"

„Nun sei doch mal still", versuchte Czerlikowski, seinen Kollegen zurückzuhalten.

Marie lief zornesrot an. „Mir können Sie viel erzählen, Ihnen glaub ich sowieso nicht und damit Sie es wissen: Mit Ihnen rede ich kein Wort mehr, basta."

„Ach, belästigt die Polizei wieder unschuldige Passanten", mischte sich eine Stimme ein, eine Stimme die Kerkhoff sehr wohl kannte.

Kerkhoff nahm seinen Freund an den Schultern zur Seite. „Du hast mir gerade noch gefehlt. Sieh zu, dass du Land gewinnst, sonst lass ich dich wegen Behinderung polizeilicher Ermittlungen festnehmen und zwar für die ganze Dauer des Schützenfestes!" Eigentlich war er ganz froh, die Bühne mit Marie Schröder ohne großen Gesichtsverlust verlassen zu können; seine Anwesenheit würde die junge Frau nicht beruhigen. Er war eindeutig ein rotes Tuch für sie.

„Und? Seid ihr noch nicht weitergekommen?", fragte Willi Wedell und blickte den Hauptkommissar gespannt an. „Ich weiß nicht, ob ich das so genau sagen kann, aber ich habe vorhin Hinrich Schröder gesehen. Nach dem hattest du mich doch in der Eisdiele gefragt. Also, ich glaube zumindest, dass er es war. Aber was mir komisch vorkam war, dass er …" Er stockte.

„… dass er eine Schützenuniform anhatte, oder?", ergänzte Kerkhoff den Satz.

„Ja, so ist es. Das wisst Ihr also schon. Ich glaubte meinen Augen nicht trauen zu können, als ich ihn sah. Das passt so gar nicht zu ihm. Warum zieht Hinni so etwas an?"

„Tarnung", meinte Kerkhoff.

„Tarnung?" Willi Wedell guckte ungläubig.

„Ich glaub schon. Du kennst doch die alte Guerillataktik: Sich bewegen wie ein Fisch im Wasser", sagte Kerkhoff.

„Mao Tse Tung – oder war es der Vietcong?", überlegte Willi Wedell. „Und so etwas will ein deutscher Kriminalbeamter sein, zitiert hier Untergrundkämpfer."

„Hör bloß auf mit deinen Witzen. Die Situation ist schwierig genug", antwortete Kerkhoff mit ernster Miene. Er blickte ungeduldig zu seinem Kollegen Czerlikowski herüber, der sich intensiv mit Marie Schröder unterhielt. Bei den beiden schien die Chemie zu stimmen. Kerkhoff sollte es recht sein. Schließlich war es egal, wie sie hilfreiche Informationen in dieser sich zuspitzenden Situation bekamen. Er beobachtete, wie sein Kollege Hinnis Schwester die Hand gab und beide sich mit einem kleinen Lächeln verabschiedeten.

„Und?", fragte der Hauptkommissar Kerkhoff ungeduldig.

Czerlikowski blickte zaudernd zu Willi Wedell. Er nahm Kerkhoff zur Seite und sagte: „Sie meinte, dass Hinni in der letzten Zeit des Öfteren davon geredet hat, dass er es dem Goldau zeigen wollte: Er hätte auf die Gelegenheit gewartet, die Schweinereien des Unternehmers möglichst publikumswirksam zu machen …"

„… und das würde ihm am besten beim Königsball gelingen", entgegnete Kerkhoff.

„Ja, das haben wir auch überlegt", meinte Czerlikowski. „Ich habe Marie Schröder gebeten, gleich in das Hauptzelt zu kommen, um mitzuhelfen, Hinni zu bremsen."

„Und die Kinder?", fragte Kerkhoff.

„Die bringt sie zu einer Freundin hier in der Nähe. Dann kommt sie zurück", meinte Czerlikowski, um dann etwas peinlich berührt hinzuzufügen: „Und noch etwas hat sie gesagt." Er machte eine Pause.

„Erzähl schon", forderte Hauptkommissar Kerkhoff seinen Kollegen auf.

„Sie möchte dabei nichts mit dir zu tun haben!"

Kerkhoff zuckte nur mit den Schultern. Er winkte zu Willi Wedell herüber. „Tschüss, wir müssen los!"

Die Kriminalbeamten liefen eilig in Richtung Königszelt.

„Waidmannsheil!", krähte Willi ihnen hinterher.

Schützenplatz / Bierstand

Klaas Rosenberg verabschiedete sich von seinen Nachbarn. Er täuschte einen Anruf auf seinem Handy vor und sagte ihnen anschließend, er müsse noch einmal wegen der Elektrik aushelfen.

„Besser du als ich", frotzelte Friedrich Meyer. Die anderen Nachbarn bekamen seinen Abgang gar nicht mit. Klaas stürzte sich mit seinem Gepäck erneut ins Getümmel. Er kam damit nur mühsam voran, weil er sorgsam darauf achtete, niemanden anzustoßen und damit zu verärgern. Auf Aufsehen legte er keinen Wert.

Vom anderen Ende des Platzes dröhnte bayerische Schunkelmusik aus dem Königszelt herüber. Das war genau die Richtung, die Klaas Rosenberg einschlagen wollte. Er vergewisserte sich mit einem Blick auf die Armbanduhr, dass es Zeit für ihn wurde, seinen Posten zu beziehen.

Die Sonne war mittlerweile untergegangen und die Dämmerung legte sich allmählich über den Schützenplatz. Das Glitzern der Lampen und Lichter an den Fahrgeschäften kämpfte gegen die aufkommende Dunkelheit. Schlagschatten und grelle Blitze nahmen Klaas kurzzeitig die Sicht und eine spontane Polonaise von jungen Leuten versperrte ihm für einen Moment den Weg. Er schlängelte sich nun am Rande des Besucherstroms Schritt für Schritt vorwärts. Das langsame und zähe Vorankommen zerrte an seinen Nerven. Er versuchte sich zu beruhigen. Bis jetzt war alles ganz gut gegangen.

Das Hauptzelt konnte er mittlerweile am Ende der Geraden schon erkennen. Am Fuße des sich schnell drehenden Kettenkarussells kam er in einer Lücke etwas schneller voran, um dann aber wieder nur in Mäuse-schritten am Rücken seines Vordermannes zu kleben.

Zehn Meter voraus entdeckte Klaas eine kleine Lücke zwischen zwei Fahrgeschäften, die er sofort ansteuerte. Als er den Durchgang erreichte, schlüpfte er ohne Zögern hindurch und lief auf die Schießhalle des Schützenhauses zu. In der aufkommenden Dunkelheit stieß er sich an der Deichsel eines Anhängers das Schienbein, und die Klappleiter fiel ihm scheppernd aus der Hand. Er hob sie auf, als plötzlich ein kläffender Mischlingshund auf ihn losstürzte. Klaas hielt die Leiter schützend vor sich und wich weiter nach hinten aus. Dennoch gelang es dem Hund, der eine rasselnde Kette hinter sich herzog, sich in Klaas' linken Schuh zu verbeißen.

„Aus!", schrie Klaas und schlug dem Tier den Gewehrkasten auf die empfindliche Nase. Jaulend und fiepend zog sich der Hund zurück. Klaas brachte sich schleunigst aus der Reichweite des Kettenhundes und lief weiter. Hinter sich hörte er den schimpfenden Hundebesitzer. Zweige peitschten ihm ins Gesicht und hinterließen kleine Kratzer. Mühsam hob er den Arm, um mit dem Ellenbogen vor den Augen durch das Gebüsch zu kommen. Schließlich gelangte er auf den gepflasterten Radweg. Ein kleines, grünes Schild mit dem Hinweis „Scheetskommissionspadd" zeigte ihm, dass sein Orientierungssinn ihn nicht im Stich gelassen hatte. Er schlug den Weg zum Schießstand hinter dem Hauptzelt ein.

Schützenplatz / Königszelt

Zackige Blasmusik drang durch die dünnen Zeltwände in die Gehörgänge und vermischte sich mit dem Tohuwabohu des Schützenplatzes.

Vor dem Haupteingang herrschte großer Andrang. Kerkhoff und Czerlikowski waren soeben angekommen, als sie über Funk die Nachricht erhielten, dass sich der Schützenkönig in Begleitung des Personenschutzes auf den Weg gemacht hatte. Sie wechselten kurz einige Worte mit den Polizeibeamten, die den Haupteingang kontrollierten, und zogen zum Nebeneingang, um auch hier die Posten noch einmal grundsätzlich zu instruieren. Kerkhoff wagte durch die Eingänge einen Blick ins Zeltinnere.

‚Weiß der Teufel, warum die Schützen hier im tiefsten Ostfriesland in einem Zelt feiern, dessen Wände mit bayerischen Motiven bemalt sind', dachte Kerkhoff. Er sah die langen Tischreihen, an denen teilweise unbesetzte, buchenfarbene Sitze zusammengeklappt an den Tischen lehnten. Auf weißen Tischtüchern standen umgekehrte Bier- und Schnapsgläser mittig drapiert. Hin und wieder war diese Anordnung durch weiße Blumentöpfe mit roten Blüten symmetrisch unterbrochen. Die aneinandergereihten Tische standen so, dass sie auf die querstehenden Vorstandtische zeigten, die auf der ganzen Breite zusätzlich mit vorgelagerten Blumenkästen mit gelben Pflanzen und mit rosaroten Blumentöpfen geschmückt waren.

Einige Schützen saßen bereits mit ihren in Schale ge-worfenen Frauen in der Warteschleife zum Festbeginn. Die Hälfte der knapp vierzig Plätze an den Vorstandstischen war allerdings bislang noch nicht besetzt. Kerkhoff wusste, dass auch diese Lücken beim Eintreffen des Schützenkönigs Goldau gefüllt sein würden.

An der rechten Seite des Zeltes zapften fleißige Hände Bier in die Gläser, die auf runden, roten Tabletts zusammengestellt wurden. Die zumeist weiblichen Servierkräfte trugen das begehrte Nass zu den durstigen Ballbesuchern, die die Gläser schnell leerten. Hin und wieder nahm sich auch ein Schütze ein Tablett und steuerte damit die Schützenkapelle an, die, dankbar für die Spende, kurz darauf den damit verbundenen Musikwunsch lieferte. Der Schütze wiederum flitzte zurück, um mit seiner Herzdame zu tanzen. Erfahrungsgemäß wurde dieses Unterfangen im Laufe des Abends immer schwieriger, da der Alkoholgenuss deutlich die motorischen Abläufe beeinflusste.

„Momentan läuft alles noch in geordneten Bahnen", sagte Kerkhoff zu seinem Kollegen, der intensiv die feiernden Menschen beobachtete.

„Ja, noch", sagte Czerlikowski pessimistisch. Etwas nuschelnd und ohne sichtbare Lippenbewegung zeigte er in Richtung Tanzfläche: „Sieh mal da!"

„Was ist da? Haste etwa Schröder oder Rosenberg gesehen?", fragte Kerkhoff angespannt nach.

„Sieh selber! Vorn an der Bühne", sagte Czerlikowski und drehte sich dann wieder in die andere Richtung.

Kerkhoff erkannte immer noch nichts, trat dann aber einen Schritt nach rechts. Plötzlich sah er sie: Nina und ihre Schwester!

Sie tanzten ausgelassen zur Musik. Die Songs wurden immer fetziger; Deutsch-Rock, Titel aus den achtziger Jahren, eine bunte Mischung.

‚Was sind das für Kerle, mit denen sie dort tanzen?‘, fragte sich Kerkhoff eifersüchtig.

Immer mehr Menschen strömten herein. Kerkhoff wurde angerempelt, versuchte dabei das Gleichgewicht zu behalten und verlor die beiden Frauen aus den Augen.

„Sie kommen!“ Czerlikowski legte die Hand auf Kerkhoffs Schulter und deutete auf die Kollegen, die soeben am Nebeneingang den bevorstehenden Einzug des Schützenkönigs mit Gefolge absicherten. Die Kapelle brach abrupt ihren Musikvortrag ab und intonierte den *Bayerischen Defiliermarsch*. Alle Zeltbesucher erhoben sich von den Sitzen und versuchten, so gut es ging, zu Ehren der ankommenden Majestät stramm zu stehen.

Kerkhoff reckte den Hals, um die Situation besser überblicken zu können. Es war vergebens. Er bedeutete seinem Kollegen Czerlikowski, mit an den Rand des Zeltes zu kommen. Dort standen weniger Menschen. Mit zielstrebiger Entschlossenheit drängten sich die beiden Kriminalbeamten vorwärts.

„Au!“ Ein langgezogener Schrei Kerkhoffs schaffte bei den erschreckten Umstehenden etwas Platz.

„Was ist?“, rief Czerlikowski, der bereits einige Meter voraus war und zurückeilte. Er stützte den humpelnden Hauptkommissar.

„Irgend so ein Kretin ist mir auf meinen verletzten Fuß gestiegen“, muffelte Kerkhoff und verzog das Gesicht vor Schmerzen. Er setzte sich auf einen Stuhl, hinter dem ein Schütze stand, der zu Ehren seines Königs salutierte.

„Was ist jetzt denn? Vielleicht ist das mein Stuhl?", fuhr er Kerkhoff an.

Er wollte soeben dem Hauptkommissar an den Kragen, als Czerlikowski seinen Ausweis zog. „Polizeieinsatz! Der Stuhl ist vorübergehend beschlagnahmt!"

Wäre die gesamte Situation nicht so angespannt gewesen, hätten die beiden Polizisten über das verblüffte Gesicht des Schützen gelacht, doch danach war ihnen nun ganz und gar nicht zumute.

„Es geht schon", meinte Kerkhoff und zog sich den Schuh und die Socke aus. Durch den dünnen Verband sickerte Blut.

Die Musikkapelle spielte nun *Preußens* Gloria.

„Oha!", meinte der Schütze, nun etwas zugänglicher, als er den Fuß sah.

„Geh du schon mal vor!" Kerkhoff schickte seinen Kollegen los. „Ich komm gleich nach!"

„Legen Sie den Fuß hier drauf!" Der Schütze hatte, ebenfalls mit einem entschiedenen „Beschlagnahmt!", einen zweiten Stuhl herangezogen und Kerkhoffs Bein hochgelegt. „Da können Sie aber von Glück sagen, dass ich beim Roten Kreuz bin. Hab zwar offiziell keinen Dienst, aber bei so kleinen Notfällen …"

„Klein? Na, mir reicht's. Nehmen Sie bitte mal mein Taschentuch und verbinden Sie mir den Fuß. Das wird schon reichen", sagte Kerkhoff, der von einem weiteren Schützen angerempelt wurde. „Hey, pass doch auf", rief Kerkhoff hinterher, doch der Schütze reagierte nicht. Er trug ein volles Tablett mit Biergläsern in Richtung Vorstandsempore. Der Hauptkommissar blickte dem Mann, der sich eilig entfernte, hinterher. Er gab ein eigenartiges Bild ab. Der Hut saß schief auf dem Kopf, den die Gläser seitlich verdeckten; die Hose passte zwar, sah aber ziemlich schmuddelig aus und die Schuhe waren verdreckt. Der Schütze passierte den ersten Polizisten, der zum Schutz von Goldau abgestellt war, ungehindert und steuerte jetzt auf die Vorstandsriege zu.

Hauptkommissar Kerkhoff sprang unvermittelt hoch, schrie auf, als er den verletzten Fuß belastete und einknickte, und lief mit dem Schuh und dem Socken in der Hand los. „Halt!", brüllte er. „Halt! Stehenbleiben!" Doch es war zu spät.

Der Schütze warf das Tablett in hohem Bogen polternd und klirrend auf den hölzernen Fußboden und zog eine Waffe. Hauptkommissar Kerkhoff erstarrte: Es war *seine* Waffe! Es war seine HK P2000 und Hinrich Schröder hielt sie in der Hand. Die Mündung zeigte in Richtung Festzelthimmel.

Dann fiel ein Schuss.

Die Musik brach ab, die Leute blieben stehen, niemand sagte ein Wort: Alle Menschen blickten zur Königstafel.

61

Schützenplatz / Schießhalle

Klaas Rosenberg hatte die Schießhalle erreicht. Durch die kleine Allee der kastenförmig zugeschnittenen Lindenbaumkronen erkannte er das von außen braunweiß gestreifte Zelt immer dann, wenn die Lichter des Riesenrades flackernd darauf fielen. An den Baumstämmen lehnten paarweise oder einzeln abgeschlossene Fahrräder. Die parallel verlaufende Pflasterung brach ein kleiner Beetstreifen auf, der mit Rindenmulch bedeckt war.

Klaas wählte diesen Untergrund, weil er sich darauf geräuschlos vorwärts bewegen konnte. Sein Ziel war die Mauerecke, an der er auf das Dach hochsteigen wollte. Diese Stelle war ihm bei seinen Erkundungsgängen am geeignetsten erschienen, lag sie doch etwas abseits des Publikumsverkehrs. Auch jetzt bogen die Menschen entgegengesetzt zum Zelteingang ab, wenn sie ihre Drahtesel geparkt und abgeschlossen hatten.

Doch kaum hatte er die Ecke erreicht, sah er den Rücken eines durchtrainierten Polizeibeamten, der über Funk mit einem Kollegen sprach. Vorsichtig schlich Klaas heran und versetzte dem Polizisten einen gezielten Schlag, sodass der lautlos zusammensackte.

Mit dem Rautekgriff schleppte Klaas sein Opfer hinter einen LKW-Anhänger und brachte es in eine stabile Seitenlage. Dann vergewisserte er sich, dass die Atemwege des Mannes frei waren.

Klaas eilte zu seiner kleinen Trittleiter zurück, die er zusammen mit dem Gewehrkoffer an die lange Gebäudemauer gelehnt hatte. Er ließ sie fast fallen und musste nachfassen, da sie sich in den Kletterpflanzen verfangen hatte, die die Mauer bedeckten. Vorsichtig blickte er sich um. Bislang war er noch nicht entdeckt worden. Auch vom bewusstlosen Polizisten drohte keine Gefahr.

Klaas schnallte seinen Gürtel ab und zog die Schlaufe um die Schnalle so zu, dass er sie oben am rechten Holm der Leiter festzurren konnte. Nun schob er den Gewehrkoffer auf das Dach. Dann stellte er sich auf die oberste Sprosse und behielt das Ende des Gürtels in der Hand. Mit großer Mühe wuchtete er seinen schweren Körper auf das wellenförmige, flache Plattendach.

Anschließend zog er die zweisprossige Leiter mit dem Gürtel nach oben. Sie sollte nicht zurückbleiben, da er fürchtete, dadurch eventuell entdeckt zu werden. Selbst wenn der Polizist wieder aus seiner Bewusstlosigkeit aufwachen würde, könnte der nicht feststellen, dass Klaas auf das Dach gestiegen war.

Um mehr Bewegungsfreiheit zu haben, stieß er die Leiter mit dem rechten Fuß auf den Dachplatten nach hinten. Nun versuchte er sein Gewicht auf der Dachkonstruktion möglichst gleichmäßig zu verteilen, um nicht einzubrechen. Mit dem Gewehrkoffer in der Hand robbte er ganz langsam und vorsichtig bis zu der Stelle, von wo er durch die Bäume hindurch die Rückwand des Königszeltes gut einsehen konnte. Immer wieder flackerte das Licht auf und Klaas erkannte mit zusammengekniffenen Augen sehr gut die gekennzeichnete Stelle mit dem Aufkleber EB, *Esens-Bensersiel*.

Plötzlich näherte sich von rechts eine kleine Autokolonne. Sie fuhr bis zum Schützenhaus, wo etliche Personen ausstiegen. Unter anderem Goldau. Goldau, der Schützenkönig! Goldau, der Mörder seiner Frau und seiner Tochter! Sein Blutdruck stieg, seine Wut kam zurück. Klaas wusste, er war kurz vor seinem Ziel, kurz davor, sein lange geplantes Vorhaben zu vollenden.

‚Beruhige dich! Du musst runterkommen! Eine kurze Wut nützt nichts. Bist du zu wütend, kannst du ihn verfehlen. Also beruhige dich!' Klaas Rosenberg schloss kurz die Augen. Dann wischte er sich die Schweißperlen von der Stirn.

Im Festzelt spielte die Kapelle auf. Klaas zählte langsam bis fünfzig. Vor seinem geistigen Auge schritt die Schützenmajestät mit Gefolge durch den Saal. Er ließ einige weitere Minuten verrinnen, bis er sicher war, dass Goldau seinen Platz erreicht hatte.

Klaas Rosenberg holte durch die Nase tief Luft und hielt sie kurz an. Dann atmete er durch den Mund wieder aus. So langsam beruhigte er sich.

Klaas richtete soeben sein Gewehr ein, als er den Schuss hörte. Unwillkürlich duckte er sich.

Schützenplatz / Königszelt

Hinrich Schröder zeigte sich kurz beeindruckt von der Wucht und Wirkung des Schusses, den er selber in die Luft abgegeben hatte.

Es war aber lediglich ein schnelles Augenzucken. Blitzschnell drückte er dem Schützenkönig die Waffe nun in den Hals.

„Verpiss dich", rief er dem Beamten zu, der als Personenschützer mit in der Schützenreihe eingeteilt war und dessen Hand unter die Jacke glitt. „Versuch es erst gar nicht. Lass deine Waffe da, wo sie ist. Dann hau ab hier! Und du, Dicker, reich mir das Mikrofon rüber!", kommandierte Hinni Schröder.

Goldau sah ihn verängstigt an. Seine Selbstsicherheit war wie weggeblasen. Auf der erröteten Stirn bildeten sich kleine Perlen, vermehrten sich und schlossen sich zu kleinen Rinnsalen an den Schläfen zusammen.

„Hinni, lass uns in Ruhe reden", flüsterte er.

„Ja, reden. Der Schützenkönig will reden. Das ist gut! Und der Schützenkönig *soll* reden!" Schröder blickte leicht lächelnd in die Runde. „Liebe Gemeinde! Der großherzige Bauunternehmer, Freund aller Anwesenden, Gönner der Mühseligen und Beladenen, Meister der Steuerhinterziehung, Wohltäter der Menschheit Wolfgang Goldau will reden. Ruhe bitte! Doch vorher bin ich kurz dran: Liebe Gemeinde, schaut mich nicht so entsetzt und furchtsam an. Ich bin nicht der Terrorist und ich habe auch nicht Goldaus

Adjutanten Reiner Muul umgebracht. Glauben Sie es mir!“ Hinni machte eine kurze Pause. „Der war leider schon tot! Ich habe ihn nur etwas an dem Balken drapiert, diesen Leuteschinder und Hurensohn. Er war ein Verbrecher, ein Schweinehund. Jawohl, ich sage euch: Reiner Muul war ein ausgemachtes Schwein. Er hat es verdient. Ich bin seinem Mörder ewig dankbar. Muul kann von Glück sagen, dass ich ihn nicht lebend in die Finger bekommen habe! So blieb mir nichts anderes übrig, als ihn auf der Baustelle nur ein wenig zur Schau zu stellen.“

Er machte wieder eine kleine Pause und blickte durch die Reihen.

Ein leises Raunen ging durch die Menge.

„Machen Sie keinen Blödsinn, Schröder“, sagte Kerkhoff, der langsam mit einem Schuh in der rechten Hand auf die Vorstandtische zuhumpelte. „Wenn Sie kein Terrorist sind, wie Sie sagen, dann geben Sie auf! Geben Sie mir die Waffe!“

„Bleiben Sie lieber stehen!“, sagte Hinni Schröder. „Ich versichere Ihnen, dass nichts passieren wird, wenn der wahre Terrorist hier redet. Wenn er redet von den Missetaten, von seinen Verfehlungen, von seinen Betrügereien an seinen Mitmenschen, von seinen Sünden!“ Er zerrte Goldau vom Sitz hoch und tauschte ganz langsam mit ihm die Position, weil das Mikrofonkabel nicht lang genug war. Er drückte dem Schützenkönig das Mikrofon in die Hand. „Also, Goldau. Erleichtere dein Gewissen.“ Zur Aufmunterung stieß er dem Schützenkönig die Waffe in den Rücken.

„Mach keinen Mist, Hinni …“ Weiter kam Goldau nicht, denn Schröder versetzte ihm einen Schlag mit der Waffe.

„Nun leg schon los mit deiner Bußrede!" Goldau fasste sich an die blutende Stirn, als Schröder etwas leiser hinzufügte: „Fangen wir mit den Schweinereien in Cuxhaven an."

Goldau merkte, dass Schröder es ernst meinte. „Okay, wir betreiben in Cuxhaven eine weitere Niederlassung. Hier sind zugegebenermaßen einige Unregelmäßigkeiten vorgekommen", begann er leise zu reden.

„‚Einige Unregelmäßigkeiten', ach wie süß. Das hätten wir gerne etwas genauer und lauter, damit auch alle Menschen das richtig mitbekommen!" Hinnis Lächeln verschwand. Er starrte Goldau so wütend an, dass dieser erneut zu reden begann.

Goldau beschrieb alle Details, zu denen er allerdings immer wieder von Schröder ermuntert werden musste, wobei Bäche von Schweiß aus seiner Stirn strömten. Hinni Schröder ließ nicht locker. Er zwang den Bauunternehmer unerbittlich zum Reden, und immer öfter waren Kommentare wie „Schweinerei" oder „Blutsauger" aus dem Publikum zu vernehmen. Hinni Schröder hörte es offenbar mit Genugtuung und wurde immer entspannter.

Plötzlich sah er seine Schwester auf der gegenüberliegenden Seite das Zelt betreten. Sie legte entsetzt die Hände vor den Mund. Hinni winkte ihr zu, worauf sich der ganze Saal umdrehte und Goldau unterbrochen wurde.

„Weiter!", befahl Hinrich Schröder, der sich nun lässig in den Königsstuhl setzte. Er hielt den Schützenkönig weiter mit der Waffe in Schach.

Im Moment, als Goldau weitersprechen wollte, zerfetzte ein Schuss die Zeltrückwand.

Panik brach aus. Stühle und Tische fielen um. Menschen wurden umgerissen. Zwei Personenschützer stürzten sich auf Goldau, packten ihn und zerrten ihn zum Nebeneingang.

Czerlikowski erreichte als Erster den getroffenen Hinrich Schröder, der vom Stuhl gefallen war und nun zusammengesackt auf dem Dielenboden lag. Er fühlte Schröders Puls. Hinni schlug die Augen kurz auf und versuchte, etwas zu sagen. Als Kerkhoff hinzukam, kippte Schröders Kopf kraftlos zur Seite.

„Exitus!", meinte Czerlikowski.

„Hinni!", schluchzte eine Stimme hinter ihm. Marie Schröder musste sich auf dem Tisch abstützen.

‚Wahrscheinlich hat sie den ganzen Vorfall mit angesehen', dachte Kerkhoff. Er wollte sie stützen, doch sie wischte seinen ausgestreckten Arm unwillig beiseite. Sie beugte sich über ihren Bruder und begann herzzerreißend zu weinen. „Warum? Warum nur?", stammelte sie schluchzend.

Erst nach einer Weile gelang es Czerlikowski, sie sanft von ihrem Bruder wegzuziehen. Fürsorglich legte er seinen Arm um ihre Schulter, während sie sich ohne Gegenwehr, aber immer noch weinend, zu den Sanitätern führen ließ.

Betroffen schaute Hauptkommissar Kerkhoff auf die Szenerie. Als sein Blick auf das Loch in der Zeltwand fiel, erteilte er schnell und routiniert seine Anweisungen. Czerlikowski kam zurück und sagte, er wolle zur Rückseite des Zeltes laufen. Auf dem Fußboden lag immer noch die Waffe, die Schröder fallengelassen hatte. Kerkhoff nahm eine Serviette vom Tisch und hob die Pistole mit spitzen Fingern am Abzugsbügel vorsichtig hoch. Erstaunt stellte er fest, dass das Stangenmagazin keine weitere Patrone mehr enthielt. Schröder hatte zum Schluss nur geblufft.

63

Schützenplatz / Schießhalle

Nachdem er abgedrückt hatte, krabbelte Klaas Rosenberg sofort zum Rand des Flachdachs und krallte sich mit den Händen an der Kante fest. Er hing nun an beiden Armen und versuchte, mit Schwung abzuspringen. Er landete unsanft auf der Erde, als zwei starke Arme seinen Oberkörper umfassten und ihn zu Boden rissen. Mit aller Kraft versuchte er sich zu befreien, aber sein Gegner ließ nicht locker. Im Gegenteil: Plötzlich bekam Klaas einen derben Schlag gegen den Kopf.

„Der ist noch für vorhin", sagte der Polizist, den er zuvor bewusstlos geschlagen hatte.

Ein zweiter und dritter Beamter kamen eilig hinzu. Sie drehten Klaas unsanft die Arme auf den Rücken und legten ihm Handschellen an.

„Gute Arbeit, Jungs! - Klaas Rosenberg, nehme ich an. Mein Name ist Czerlikowski. Kripo Wittmund. Sie sind vorläufig festgenommen. Ab mit ihm!"

„Sieh mal einer an!" Die Polizisten entdeckten die Handfeuerwaffe. „Damit werden Sie ja wohl nicht geschossen haben. Wo ist das Gewehr?", fragte der Kripobeamte.

Klaas Rosenberg deutete nur stumm mit dem Kopf auf das Dach. Sollten sie die Waffe doch finden. Er brauchte sie jetzt nicht mehr. Er hatte seine Rache vollenden können, seine Rache für den Tod seiner Frau und für den Tod seiner Tochter.

‚Für dich, Goldie!', dachte Rosenberg, während eine Träne über seine Wange lief. Endlich hatte er wieder Ruhe. Klaas Rosenbergs Blick blieb auf den Boden gerichtet. Das Fischgrätmuster der Pflasterung ließ ihn die Schrittgeschwindigkeit erkennen, mit der er abgeführt wurde. Die Männer hatten Klaas in die Mitte genommen und er ließ sich widerstandslos mitnehmen. Nun gingen sie unter der kleinen Lindenallee hindurch und bogen an der Schießhalle ab. Hier standen bereits mehrere Polizeiwagen, die sich ihren Weg durch die Menschen zu bahnen suchten.

Völlig versteinert blieb Klaas Rosenberg plötzlich stehen. Er starrte auf eine schwarze Limousine, in deren Innern der Schützenkönig Goldau saß. Klaas ging wie ein angezählter Boxer in die Knie. Alles war umsonst gewesen. Klaas bot ein jämmerliches Bild, während Goldau ihn süffisant und spöttisch aus dem Wagen heraus mit dünnen Lippen anlächelte.

64

Schützenplatz / Sanitätsstation / Osthörn

Gerrit Kerkhoff ließ sich noch auf dem Schützenplatz in der Sanitätsstation den Fuß verarzten.

Nina hatte ihn zuvor abgefangen, als er sich bereits auf den Weg zur ersten Vernehmung machen wollte. „So kannst du nicht gehen! Sei kein Dummkopf. Lass den Fuß untersuchen!" Ihre Entschlossenheit ließ ihm keine Chance zur Gegenwehr. „Ich habe das alles von der Musikbühne mit angesehen", sagte sie. „Schrecklich. Halb hinter den Aufbauten stand ich. Hab echt gezittert. Trotzdem konnte ich nicht weggehen. Alle sind zurückgewichen! Beim Schuss meine ich. Nur du und Czerlikowski nicht. Wahnsinn." Sie küsste ihn sanft.

Kerkhoff knurrte nur zustimmend. Er ließ sie reden.

Und Nina redete. In einer Tour.

Er hörte ihr gern zu. Die Bedeutung ihrer Worte nahm er gar nicht auf, nur den Klang ihrer Stimme; die hatte etwas Hypnotisches. Sie war so nah und doch so fern. Fast wäre Gerrit Kerkhoff auf dem Stuhl im Sanitätsraum eingenickt.

„So, alles paletti!" Die Sanitäter rissen ihn aus seinen Absencen. Er bedankte sich, gab Nina den Haustürschlüssel und bat sie, von der Pizzeria etwas zu essen zu holen. Dann trennten sie sich, da er noch einmal zur Dienststelle wollte.

Die Vernehmung von Klaas Rosenberg musste allerdings auf den anderen Tag verschoben werden, denn Klaas blickte nur apathisch vor sich hin und reagierte auf keinen Impuls. Sie versuchten es im Guten, sie versuchten es massiv. Nichts. Keine Regung.

Nach dem Erledigen der dringendsten Formalitäten fuhr Kerkhoff gähnend nach Hause.

Nina lag auf dem Sofa. Sie hatte ihn nicht gehört und schnellte erschrocken hoch, als er plötzlich vor ihr stand. „Bleib liegen!“ Er steuerte den großen Sessel an. Das kalte Stück Pizza fand den Weg in seinen Magen. Der Schluck Rotwein entschädigte für die Mühen des Tages. Irgendwann fiel Kerkhoff erschöpft ins Bett.

Gegen Morgen hörte er Geschirrklappern aus der Küche. Nina war offenbar früh aufgestanden, um Frühstück zu machen. Das Telefon zerriss die Stille des frühen Tages. Kerkhoff tastete nach dem Mobilteil und meldete sich.

„Ja“, murmelte er kurz, wiederholte es noch einmal, um dann aufmerksam zuzuhören. Nina hörte, wie er sagte: „Scheiße auch!“ und gleich darauf: „Ich komme!“ Er legte auf.

„Das glaub ich jetzt nicht“, rief Nina entsetzt. „Du willst sofort los? Ohne Frühstück?“

Sie hatte den Tisch liebevoll gedeckt, Kaffee gekocht und Brötchen aufgebacken. Sogar Rührei hatte sie schon fertig.

Gerrit küsste sie und zeigte auf den Tisch: „Das bin ich gar nicht gewohnt, dass mir jemand Frühstück macht. Sonst gibt es oft nur Kaffee!“

Der Hauptkommissar überlegte, dann griff er zum Telefon an der Basisstation. Er wartete kurz und als er die Verbindung hatte, sagte er: „Hi, ich bin es. Es dauert noch etwas. Bin in einer Stunde – sagen wir anderthalb Stunden – da, okay? … Sag einfach, du hast mich nicht erreicht, ja? … Wie? … Ist mir scheißegal, ob der Chef auch kommt. Der war ja gestern nicht bis in die Puppen im Dienst, oder?“ Er legte auf. „Das kann ich mir doch nicht entgehen lassen.“ Er drückte Nina an sich. „Frühstück mit so einer schönen Frau.“ Er setzte sich ihr gegenüber an den Tisch.

„Was gibt es denn so Wichtiges, dass sie dich am Sonntagmorgen vor dem Aufstehen anrufen?“

„Klaas Rosenberg …“ Kerkhoff stockte und als Nina nicht nachfragte, sagte er: „Rosenberg hat Selbstmord begangen.“

„Der große Kerl, den ihr gestern noch verhaftet habt?“, fragte Nina.

„Ja!“ Kerkhoff trank einen Schluck Kaffee und biss in ein Croissant. „Er war völlig entsetzt, als wir ihm sagten, er hätte Schröder tödlich getroffen.“ Er kaute. „Brach in Tränen aus. Nervenzusammenbruch.“

„Und Goldau?“

Kerkhoff schluckte den Bissen herunter, bevor er antwortete: „Goldau? Den kriegen wir dran wegen Wirtschaftskriminalität!“

„Wer's glaubt, wird selig“, meinte Nina bitter. „Der wird sich so einen teuren Anwalt nehmen, irgend so einen Rechtsverdreher, und dann wird alles nicht so schlimm werden. Darauf wette ich!“ Böse stampfte sie auf.

Hauptkommissar Kerkhoff zuckte die Schultern: „Ausgeschlossen ist das nicht.“

Nina legte das Brötchen aus der Hand. Ihr war der Appetit vergangen.

Nach dem Frühstück sagte Gerrit: „Ich hab eine Idee. Wie wäre es, wenn du den Hund abholst und wir kurz nach dem Mittag einen großen Spaziergang auf dem Deich nach Bensersiel machen? Was hältst du davon?“

„Gute Idee." Nina lächelte wieder. „Für einen Bullen eine richtig gute Idee!"

Für die kleinen und großen Tipps, die wesentlich zur Entstehung meines Romans beitrugen, möchte ich mich recht herzlich bedanken bei

- meiner Frau, der Bildhauerin Helga Reisewitz-Schmidt, für ihre große Geduld
- meinem Bruder, dem Studiendirektor Heinrich Joachim Schmidt, für sein großes literarisches Wissen und für die Vorkorrekturen
- meinen Söhnen Johannes und Tilman Schmidt, die mir wichtige und hilfreiche Anmerkungen einer jüngeren Generation gaben
- meinem Nachbarn und Rendant der Schützen compagnie Joachim Backer
- der Diplompsychologin Ulli Maus
- Dr. Wolfram Nagel
- den Autorenkollegen Christiane Franke, Regine Kölpin und Olaf Büttner

Im Verlag CW Niemeyer bereits erschienen ...

Eine verstümmelte Leiche wird im ostfriesischen Esens gefunden. Hauptkommissar Kerkhoff muss feststellen, dass das Vorgehen des Täters dieselbe Handschrift trägt wie die des Tierquälers, dem einige Pferde auf Wangerooge zum Opfer fielen. Führt die Gravur im Ring des Toten zur Identifizierung des Opfers und somit zum Täter? Gibt es eine Verbindung nach Argentinien und zu unmenschlichen Verbrechen in der Vergangenheit?

Manfred C. Schmidt. Kaltblut
320 Seiten. Paperback. ISBN 978-3-8271-9512-8
E-Book 978-3-8271-9652-1 (Pdf)
978-3-8271-9852-5 (Epub)

Krimis finden Sie unter ...

Im Verlag CW Niemeyer bereits erschienen ...

Wer ist der Tote, der in Schobüll hinter dem Knick gefunden wird? Nichts lässt zunächst auf die Identität des Mannes schließen. Nane Lüders, Hauptermittler der Kripo Husum, findet heraus, dass es sich um den Hamburger Arzt Leander Hagedorn handelt. Viele hatten ein begründetes Interesse, den Arzt loswerden zu wollen. In einem Sumpf menschlicher Abgründe waten die Ermittler, denn Hagedorn stand nicht nur auf der Gehaltsliste der Pharmaindustrie.

Renate Folkers. Der Tote hinter dem Knick
328 Seiten. Paperback. ISBN 978-3-8271-9515-9
E-Book 978-3-8271-9659-0 (Pdf)
978-3-8271-9859-4 (Epub)

Im Verlag CW Niemeyer bereits erschienen ...

Die Oldenburger Kommissarin Sandra Holz steht vor einem entsetzlichen Fund: Drei mumifizierte Mädchenleichen im Oldenburger Fliegerhorst! Hängt das Verschwinden einer weiteren Jugendlichen mit den sadistischen Morden zusammen? Ein Wettrennen gegen die Zeit beginnt. Die Bewohner Oldenburgs halten den Atem an! Schlimmste Kindheitserinnerungen kochen in Sandra Holz hoch und lassen den Fall zu einer emotionalen Herausforderung werden.

Klaus E. Spieldenner. Und Stille wie des Todes Schweigen
352 Seiten. Paperback. ISBN 978-3-8271-9425-1
E-Book 978-3-8271-9661-3 (Pdf)
978-3-8271-9861-7 (Epub)

www.niemeyer-buch.de

Im Verlag CW Niemeyer bereits erschienen ...

Das ehrgeizige Vorhaben, am Husumer Badestrand Dockkoog ein Ferienressort zu errichten, stößt nicht nur bei Umweltschützern auf wenig Gegenliebe. Eine Leiche im Großbecken des Multimar Wattforums in Tönning – schnell finden die junge Kommissarin Wiebke Ulbricht und ihr Partner Jan Petersen von der Kripo Husum heraus, dass es sich bei dem Toten um Holger Heiners, den ungeliebten Dockkoog-Investor handelt. Geht der Mord auf das Konto militanter Umweltschützer oder hatte Heiners noch weitere Feinde?

Andreas Schmidt. WattenMord
360 Seiten. Paperback. ISBN 978-3-8271-9511-1
E-Book 978-3-8271-9616-3 (Pdf)
978-3-8271-9816-7 (Epub)

www.niemeyer-buch.de

Im Verlag CW Niemeyer bereits erschienen ...

Schloss Marienburg bei Hannover. Eine Person fällt kopfüber vom Schlossturm. Wer hatte Interesse, den Anwalt ins Jenseits zu befördern? Der unbekannte Schirm-Attentäter, der schon einmal in Hannover zugeschlagen hat? Hat etwa dieser merkwürdige Royalisten-Club etwas zu verbergen? Ein Mitglied des Clubs will auspacken. Doch bevor das erste Wort gefallen ist, liegt auch er tot zu Kalenbergers Füßen. Trau, schau, wem ...

Günter v. Lonski. Royal Flash
280 Seiten. Paperback. ISBN 978-3-8271-9461-9
E-Book 978-3-8271-9653-8 (Pdf)
978-3-8271-9853-2 (Epub)

Krimis finden Sie unter ...

Im Verlag CW Niemeyer bereits erschienen ...

Gütersloh im Sommer 2013. Für gewöhnlich recherchieren Sarah Berger und Ahmet Yilmaz als Team. Nicht so dieses Mal. Während sich die Kommissarin auf Weiterbildung nach Hameln begibt, wird sie vom Leiter der Schulungsakademie um Unterstützung gebeten. Doch ehe Sarah sich versieht, gerät sie in eine Falle und ihre Hilfsbereitschaft bedroht ihr Leben. Zur gleichen Zeit wird in Gütersloh ein heimtückischer Baustellenmord zu Ahmets neuem Fall.

Der dritte in sich abgeschlossene Fall für Kommissarin Sarah Berger und ihr Team.

Erasmus Herold. Und ich richte ohne Reue
384 Seiten. Paperback. ISBN 978-3-8271-9566-1
E-Book 978-3-8271-9662-0 (Pdf)
978-3-8271-9862-4 (Epub)

Krimis finden Sie unter ...

Neu im Verlag CW Niemeyer:
Fantasy

Es gibt sie noch, die letzten Drachen! Heimlich und nahezu unbemerkt leben sie in Wäldern, Meeren und auf Bergen, denn sie sind in großer Gefahr. Als die Feuerdrachen fliehen müssen, bleiben ihre Eier zurück. Nur nach und nach finden sich die Drachengeschwister wieder. Sie machen sich auf den Weg, weitere Artgenossen zu suchen und geraten dabei in das Visier eines Basilisken. Diese bösartigen Lindwürmer können ihre Jungen nur in Drachenkadavern aufziehen. Deshalb droht ihre Art auszusterben. Der Basilisk braucht die Körper der drei Drachenkinder.

Sabine Hartmann. Axlung – Das Geheimnis der Drachen
256 Seiten. Paperback. ISBN 978-3-8271-9590-6
E-Book 978-3-8271-9663-7 (Pdf)
978-3-8271-9863-1 (Epub)

Manfred C. Schmidt
Gut Schuss

Im Verlag CW Niemeyer ist bereits
folgendes Buch des Autors erschienen:

Kaltblut

Bibliografische Information der Deutschen Nationalbibliothek
Die Deutsche Nationalbibliothek verzeichnet diese Publikation in der Deutschen Nationalbibliografie; detaillierte bibliografische Daten sind im Internet abrufbar über http://dnb.ddb.de

www.niemeyer-buch.de
Originalausgabe Leda-Verlag, Leer, 2010

Der Umschlag verwendet ein Motiv von shutterstock.com
Marine Rope A-R-T 2014
Druck und Bindung: Nørhaven, Viborg
Printed in Denmark
ISBN 978-3-8271-9513-5